Sandy Jud

„Sachä gits!"
Spitze Feder 4

AF284036

**Sandy Jud**

# „SACHÄ GITS!"

## Spitze Feder 4

SANJU STAR GMBH

Bibliografische Information der Deutschen Nationalbibliothek:
Die Deutsche Nationalbibliothek verzeichnet diese Publikation in der Deutschen Nationalbibliografie; detaillierte bibliografische Daten sind im Internet über http://dnb.dnb.de abrufbar.

Konzept und Realisation, Text und Abbildungen /
Gesamtverantwortung: Sandy Jud
Bilder: Internet, Pixabay - merci villmal a alli!
Layout Umschlag und Inhalt: Sandy Jud
Herstellung und Verlag: BoD – Books on Demand, Norderstedt

**ISBN: 9783756223442**

Es git nüt, wos nöd git!

## Zur Autorin

Sandy Jud wurde 1982 am Zürichsee geboren, wo sie auch heute noch lebt.

Sie hat schon viel ausprobiert in ihrem Leben. Gestartet als Drogistin, war sie u.a. als Koordinatorin für Telefonbücher zuständig, plante Photovoltaikanlagen, verkaufte Backwaren und Gemüse und arbeitete auf verschiedenen Baustellen in der Schweiz.

Heute ist sie als Visagistin und Dozentin tätig, malt grosse Acrylgemälde, illustriert Kinderbücher und schreibt leidenschaftlich gerne Kolumnen und Kurzgeschichten über alltäglich Sonderbares.

„Sachä gits!" ist ihr 4. Buch, welches aus ihrer Tätigkeit als Kolumnistin für die Zeitschrift Fischotter (www.fischotter.ch) hervorgeht. Weitere Infos zu Sandy Jud findet man unter www.sanjustar.com.

# Auf ein Neues!

Hallo, cool, dich hier zu sehen. Nachdem meine ersten drei Bücher doch einige Menschen ganz gut unterhalten, und ich viele schöne Rückmeldungen bekommen habe, habe ich erneut den Bleistift gespitzt und mich mit meiner Umwelt und den darin befindlichen Individuen auseinandergesetzt. Ui, ui, ui…

Wir kennen das alle. Alltagssituationen bei denen wir uns, wenn wir unsere Mitmenschen beobachten, ganz einfach an den Kopf fassen und denken müssen: „Häts dänn würkli nu Tuble uf därä Chuglä?!" Du kennst das? Eben.

Und oftmals sitze ich abends vor der Glotze, lasse den Tag Revue passieren und denke mir, dass ich das und jenes unbedingt aufschreiben muss, teils zur Belustigung meines Umfeldes, Teils als erschütterndes Beispiel und Erinnerung für mich selbst, dass ich niemals so werden möchte (oder so ähnlich).

Auch in diesem Band werde ich viele Fragen stellen und nach Antworten suchen. Niemals mit dem erhobenen Zeigefinger, jedoch meist mit einem ironischen Lächeln auf den Lippen, einem kleinen Fragezeichen auf der Schulter und einer vagen Idee im Kopf.

Kommst du mit auf eine erneute Reise quer durchs Leben? Lass uns noch einmal zusammen lustige Begebenheiten und traurige Momente teilen, runzle die Stirn mit mir oder lach wieder einmal Tränen, wenn's denn sein muss…

Wir werden gemeinsam Opas Geschichte lauschen, uns übers Sterben Gedanken machen, mitansehen, wie ein aufmüpfiges Poschtiwägeli einem das Leben schwer machen kann und uns freuen, dass das Leben trotz dieses Chaos doch irgendwie seinen Weg geht.

Bist du dabei? Ich freu' mich!

Deine Sandy

# Es war einmal…

„Opa, Opa – erzähl uns eine Geschichte!" bettelten die kleine Marie und ihr Bruder Paul.

„Eine Geschichte sagt ihr? Was denn für eine?" wollte der Opa wissen und setzte sich gemütlich in den alten Ohrensessel nahe am Kamin. Marie und Paul setzten sich im Schneidersitz zu seinen Füssen auf den Boden. „Eine Geschichte von früher Opa, bitte!" „Nun gut," begann der alte Mann mit tragender Stimme. „Wenn ihr es euch so sehr wünscht…" „Biiiitte!" riefen die Kinder begeistert und verstummten gespannt im nächsten Moment.

„Es war einmal ein kleiner Junge, der liebte nichts so sehr, wie draussen an der Sonne zu spielen und zu toben. Der kleine Junge trug meist bloss ein Leibchen und kurze Hosen und oftmals auch gar keine Schuhe, denn das schönste Gefühl überhaupt für ihn war es, frühmorgens barfuss über die noch feuchte Wiese zu laufen.

Meistens war der Junge mit seiner kleinen Schwester unterwegs. Auch sie liebte es, barfuss auf der Wiese herumzutollen. Dabei wirbelten ihre blonden Zöpfe fröhlich in der Luft umher. Meist waren die zwei Abenteurer auf grosser Entdeckungsreise. Sie streiften in den umliegenden Wäldern umher, entdeckten verlassene Höhlen, kämpften gegen wilde Tiere und böse Waldmenschen oder bauten Dämme im glasklaren Bach, beinahe so gut wie die Biber." Die kleine Marie und ihr Bruder Paul lauschten mit grossen Augen jedem einzelnen Wort, das Grossvater ihnen erzählte.

„Eines schönen Tages entdeckten die zwei Abenteurer am Waldrand auf dem Boden einen alten Bienenstock. Was für ein kostbarer Schatz, den musste jemand vom Baum heruntergeschlagen haben, war sich der Junge sicher. Er befahl seiner Schwester vorerst auf Abstand zu gehen, denn man wisse nie, wie gefährlich so ein Stock sein konnte.

Das kleine Mädchen versteckte sich artig hinter einem grossen Baum und guckte gespannt hervor, während ihr Bruder einen Ast zur Hand nahm und begann, ganz sachte auf den Bienenstock zu klopfen. Nichts rührte sich. Der kleine Junge drehte sich zu seiner Schwester um, um ihr zuzurufen, sie könne aus ihrem Versteck hervorkommen, es gehe keine Gefahr von dem Stock aus, als gerade just in diesem Moment, eine einzelne Biene direkt in seinen Mund flog, und ihn in die Zunge stach!"

Der Grossvater machte eine bedeutende Pause. Er schielte über seine Brille herunter zu Paul und Marie, die beide mit grossen Augen ihren Opa anstarrten. „Und was geschah dann?", wollte Paul begierig wissen und auch Marie konnte kaum mehr stillsitzen.

„Nun, dem kleinen Jungen schwoll die Zunge an, so dass er nicht mehr richtig atmen konnte. Er begann, langsam rot und dann anschliessend gar blau anzulaufen, und japste verzweifelt nach Luft. Seine Schwester jedoch rannte umgehend los und holte die Mutter zu Hilfe und der kleine Junge wurde sofort ins Krankenhaus gebracht, wo er eine Spritze bekam, so dass er wieder normal atmen konnte.

Ja, meine Lieben, das war damals eine grosse Sache, denn das kleine Mädchen hat, indem es sofort die Mutter holte, seinem grossen Bruder das Leben gerettet. Und wisst ihr was Kinder? Der kleine Junge war ich und das kleine Mädchen, Eure Grosstante. Ende der Geschichte." So schloss der Grossvater seine Erzählung, blickte zu seinen Enkeln herunter und blieb gespannt sitzen, denn für diese schien etwas an der Geschichte ganz und gar nicht verständlich zu sein.

„Was ist?", fragte der alte Mann, „hat euch meine Geschichte etwa nicht gefallen?"

„Opa", begann der kleine Paul. „Wie konnte denn eine Biene in deinen Mund gelangen? Das ist doch überhaupt nicht möglich!", war sich der Junge sicher.

Der alte Mann aber lächelte sanft und deutete seinen Enkeln, näher zu kommen. Diese standen auf und traten näher zu ihrem Grossvater, der sie in die Arme schloss. „Wisst ihr, meine kleinen Schätze, damals trugen wir noch keine Masken…"

Die beiden Kinder schauten zuerst einander, dann ihren Grossvater mit ungläubigen Augen an.

„Keine Masken? Das ist echt krass Opa!"

# Hör doch mal zu!

Hallo, schön, dass du da bist. Am 14. März rief die Organisation „Dargebotene Hand" zum Tag des Zuhörens auf. Ein Tag, der an den meisten vermutlich einfach ungehört vorüberzog.

Und dabei ist Zuhören doch so unheimlich wichtig. Gerade in den momentan schwierigen Zeiten, in denen das öffentliche Leben beinahe zum Stillstand kommt, man sich in seine eigenen vier Wände zurückzieht und Kommunikation vermehrt über Onlineplattformen stattfindet, ist Zuhören essenziell, um nicht gänzlich zu vereinsamen. Aber nicht bloss Corona zwingt uns in die Einsamkeit und verschliesst unsere Ohren, auch die Digitalisierung allgemein entfremdet uns voneinander und Zuhören verliert an Stellenwert.

Die sozialen Medien übernehmen das Ruder. Man postet Bilder und Texte aus seinem Leben, freut sich über vermeintliche Anteilnahme, über positive Reaktionen, über Komplimente und Likes, verliert sich hinter gephotoshopten Bildern und hübschen Filtern und bleibt dennoch, nachdem der Bildschirm schwarz geworden ist, allein zurück. Niemand hört wirklich zu, dafür sind wir alle zu sehr mit uns selbst beschäftigt. Jemand hat mal gesagt, dass einem das Handy entfernte Menschen näherbringt, es jedoch auch den Menschen unmittelbar an deiner Seite entfremdet…

Ich wartete neulich vor einem Supermarkt und habe eine Mutter mit ihrem Kleinkind beobachtet. Das Kind wollte der jungen Mutter unbedingt den Hund zeigen, der vor dem Supermarkt sass und auf sein Herrchen wartete. Es zeigte immer wieder darauf, rief nach der Mutter, diese jedoch hörte nicht zu, guckte ins Handy und lief mit dem Einkaufswagen in Richtung Eingang davon. Das Kind begann zu schreien und zu weinen und was passierte? Die Mutter wurde wütend, packte das weinende Kind in den Wagen und schob diesen fluchend in den Laden.

WIR HÖREN NICHT ZU. Wir hören unseren Kindern nicht zu, unseren Partnern nicht, unseren Eltern nicht, wir haben kein Ohr für unsere Geschwister, unsere Freunde und Bekannten, unsere Nachbarn oder gar uns fremden Menschen. Warum bloss? Weil wir uns die Probleme anderer nicht auch noch aufladen möchten? Weil diese nicht ins schöngefilterte Leben passen? Weil wir mit unseren eigenen Sorgen und Gedanken bereits überfordert sind? Desinteresse also? Unvermögen? Selbstschutz? Keine Zeit und keine Lust?

Zuhören muss man, wie das Allermeiste im Leben erlernen oder wieder lernen, wenn man es verlernt hat. Zuhören braucht Zeit, Zuhören braucht Präsenz und Interesse an seinem Nächsten, Einfühlungsvermögen und manchmal auch Selbstlosigkeit. Aber Zuhören ist ja nicht bloss Dienst an seinem Nächsten, es ist auch Dienst an einem selbst. Denn Zuhören kann Horizonte erweitern, gefasste Meinungen hinterfragen, das Weltbild verändern. Zuhören kann Freundschaften vertiefen und gegenseitigen Respekt und Toleranz fördern. Zuhören sollte man nicht bloss, um darauf zu antworten, Zuhören sollte man, um zu verstehen.

Und auch ich muss mich wieder einmal an der Nase nehmen, denn Zuhören erfordert Aufmerksamkeit, die auch mir oftmals abhanden-

16

kommt, denn der Geist ist meist ganz woanders. Das ist nicht böse gemeint, um Himmelswillen, aber als ich vom „Tag des Zuhörens" erfahren habe, habe ich es mir wieder einmal auf die To-Do-Liste geschrieben. Jemanden anrufen, Fragen, Zuhören, dabei sein. Das braucht Zeit, das braucht Interesse, aber was würde ich denn sonst in dieser Zeit gross tun? Die hübschen Bilder auf den sozialen Medien anschauen, mich fragen, ob diese Model-Beine wirklich so lang sind, oder dieser Sonnenuntergang so rot, wenn's gut geht einen Like hinterlassen und im Geiste die Türe verschliessen – EBEN.

Und wie immer meine lieben Leser. Keine Moralpredigt, bhüetisneiau, einfach ein Gedankengang, den ich mitteilen und mit euch teilen möchte.

Schön, dass ihr „zugehört" habt.

# Piepts bei Dir?

Hellau mein Freund. Neulich war ich einkaufen mit meinem Auto „Antonella-Isabella" auch genannt „Brümm-Brümm". Ich stand nun also bereits an zweiter Stelle in der Endlos-Schlange beim Parkplatz, denn andere Menschen hatten diese super Idee vom Einkaufen auch…

Es war heiss, die Sonne brannte aufs Dach und es tat sich – NICHTS. Keiner machte Anstalten, aus dem klimatisierten Laden zu kommen und seine Karre wegzustellen. Doch dann, die Türe öffnete sich und es stöckelte eine ziemlich hergerichtete Blondine über den Parkplatz. Also nun nicht gerade 90-60-90, aber bestimmt mehr Busen als die Oma hinter mir im Panda und ich zusammen. Die langen Beine steckten in hautengen Jeans, die Schuhe waren einfach nur mörderisch hoch und die grosse schwarze Sonnenbrille verdeckte leider nicht auch die gebotoxte Schnute. Seis drum, jeder wie er will, denke ich mir, Hauptsache s'Mutti macht vürschi und wir können endlich unsere Warteschlange redimensionieren.

Nun, die gute „Miss Raten" oder „Miss Lungen" stieg in ihren grossen Cayenne ein und was dann geschah – ach, lies selbst. Klischee pur.

Minutenlang (nicht übertrieben!) minutenlang versuchte die Gute ihren Chlapf aus dem Parkfeld zu bugsieren. Immer wieder drehte sie den Kopf in alle erdenklichen Richtungen und da wir Wartenden wegen der Bruthitze alle unsere Fenster offenstehen hatten, konnte man bei genauem Hinhören auch die Piepstöne, also die Warnhinweise ihres Autos hören.

Ein Rücklein hier, ein Piepen da, Bremsen, Stillstand. Steuer einschlagen, ein neuer Gas-Versuch hier, ein mörderisches Summen da, abruptes Bremsen, erneuter Stillstand. Und auf ein Neues…

Die flotte Barbie war mit der Situation komplett überfordert, zog ihre Botox-Schlauchboot-Lippen zu einem Flunsch und wedelte wild mit den Armen. Zuerst genervt, dass sie mir meine kostbare Zeit stielt, war ich mittlerweile schon ziemlich amüsiert, bevor sie mir schon fast ein bisschen leidtat, denn es dauerte auch nicht allzu lange, bis der Erste in der Warteschlange die Geduld verlor und hupte.

Nun, mir geht es genau so Leute, wenn jemand hupt, werde ich nicht schneller, bloss unkonzentrierter und fahriger und so passierte es auch bei Madame de la Botox. Es piepte und summte nicht mehr nur im Wagen, nein es hupte nun noch von ausserhalb und sie drehte verzweifelt das Lenkrad nach links und dann nach rechts und wieder nach links aber die olle Karre wollte wohl einfach den richtigen Radius nicht finden.

Ich dachte schon, dass dies nun gar nichts mehr wird heute, als ein ziemlich genervter Mann mit hochrotem Kopf aus dem Wagen vor mir stieg und zum offenen Fenster der Dame lief. Nach kurzem Geplänkel stieg diese aus und der Mann ein. Gang rein, Gas und gut ist. Der Vorstadt-Schützenpanzer stand nun in der Spur und das blonde Wunder bedankte sich mit einer leichten Verbeugung, stieg ein und fuhr rasant davon. Die Blamage konnte nicht noch grösser sein, denn in den wartenden Autos wurde frenetisch Beifall geklatscht und der Held des Tages bejubelt.

Dieser verbeugte sich und stieg ebenfalls wieder in seinen Wagen ein, parkte und die Schlange wurde um ein Auto kürzer. Ich sass ungläubig am Steuer und konnte mir ein Lachen nicht verkneifen. Welch formidable Show!

Und so sass ich da an der Spitze der Schlange und hoffte, dass nicht auch ich irgendjemandem beim Wegfahren behilflich sein musste. Und was bekam ich?

Die Ladentüre ging auf und ein süsses Rentner-Ehepaar mit Wägeli und Stöcken schlurfte über den Parkplatz zu einem kleinen Schnupftruckli. Na super, jemand da oben hat aber ganz schön Humor heute, denke ich bei mir, aber nach ultralangsamem Beladen des Wagens, wurde dann doch wenigstens flott ausgeparkt, und zwar ganz ohne Piepen, denn das hatte der Peugeot aus dem vorigen Jahrhundert nicht mit drin.

Und nach dem anfänglichen Nerven muss mich selbst wieder einmal an der Nase nehmen. Warum diese Eile, warum dieser Stress? Wir hetzen durch unseren Alltag und haben keine Geduld für unsere Mitmenschen.

Und dabei wird man im Alltag ja so köstlich unterhalten! Die beste Comedy-Show ist bloss ein billiger Abklatsch des Lebens. Drum, Leute, lehnt euch zurück und geniesst ganz einfach die Show, die euch gratis und franko jeden Tag vom Leben geboten wird.

Und deshalb sage ich Danke, dem blonden Fahrwunder und dem süssen Ehepaar. Sie haben mich an diesem Tag entschleunigt und mich köstlich unterhalten.

Na dann, bis zum nächsten Mal!

# Sammelst du auch?

Grüezi und schön dich zu sehen.

Ich habe neulich irgendwo gelesen, dass man, wenn man schwere Zeiten durchlebt, sich vermehrt dem Sammeln widmen sollte. Also nicht dem Sammeln von Kafirahmdeckeli oder Briefmarken, auch nicht dem Sammeln von Punkten oder unzähligen Aktionen unserer grossen Supermarktfreunde (was war es neulich? Pfannen? Frottiertücher? Messersets? Ich weiss es nicht mehr), nein, in dem Artikel wurde beschrieben, dass das Sammeln, Obacht, jetzt kommts - von Glücksmomenten(!) das Leben nachhaltig verbessern könne.

Oha, dachte ich mir, wieder ein kluger Tipp von einem klugen Kopf, aber neugierig geworden bin ich dennoch...

In diesem Artikel stand geschrieben, dass man das Experiment an sich selbst durchführen könne und sich so das Leben nachhaltig verbessern würde. Unter dem Strich heisst es, man solle wieder vermehrt die Augen aufmachen und sich seiner Umgebung bewusst werden. Dazu solle man sich jeden Abend fünf Punkte aufschreiben, die einem einen Glücksmoment beschert hätten. Klingt einfach denkst du? Jep, dachte ich auch.

Und so bin ich am nächsten Tag ins Büro gefahren, habe den lahmen Autofahrer vor mir verflucht, habe den ganzen Tag mit Menschen zusammengearbeitet, die ich nicht mal richtig angesehen habe, nur um dann abends wieder nach Hause zu fahren. Glücksmomente aufschreiben? Schwierig. Pünktlich Feierabend? Wohl eher gutes Timing als Glücksmoment, Spannender Krimi im Fernsehen? Ein Händchen für Unterhaltung, aber richtiger Glücksmoment? Fehlanzeige.

Wie bei vielem im Leben, muss man sich auch dieser Sache ganz BEWUSST WERDEN, um sie zu verinnerlichen.

Ich habe mich also am darauffolgenden Tag ganz BEWUSST auf den Weg ins Büro gemacht, habe meine Umgebung ganz BEWUSST wahrgenommen. An der Strassenecke habe ich die Nachbarskatze gesehen, die gerade Streicheleinheiten eines Schulkindes genossen hat. Ein Lächeln huschte über mein Gesicht und eine wohlige Wärme breitete sich im Bauch aus. Glücksmoment? Aber hallo!

Im Radio lief ein tolles Lied und ich habe lauthals mitgesungen – Lächeln auf dem Gesicht? Aber von einem Ohr zum anderen sag ich dir!

Im Büro habe ich einer Kollegin ein Kompliment gemacht, und die hat sich unheimlich darüber gefreut (und ich mich auch), und da bei uns im Haus auch Kinder ein- und ausgehen, war das Baby im Wägeli, dass uns angelächelt hat, ein weiterer, freudiger Moment. Ich habe mich auf zuhause gefreut, einen grossartigen Abend mit meinem Mann verbracht (Zuhören, du erinnerst dich?), und bin dann irgendwann müde, aber total beseelt ins Bett gefallen. Mission für heute erfüllt.

Ja, meine lieben Leser. Wir wissen alle, dass man keinen Sechser im Lotto braucht, um Glück zu empfinden. Man benötigt keine grosse Karre in der Garage oder die neueste Handtasche am Arm, um glücklich zu sein, vielmehr benötigen wir Augen, die sehen, Ohren, die zuhören und ein Herz, das versteht.

Denn es sind die kleinen Dinge, die Glück verheissen. Eine geniesserische Katze, ein lächelndes Baby, eine fröhliche Mitarbeiterin, ein Telefonat mit einem lieben Menschen, ein Spaziergang im Wald, ein Besuch am See, ein leckeres Essen oder ein gutes Buch.

Es gibt sie, diese kleinen Momente, die das Herz erfreuen und unseren Alltag bunt machen. Sie müssen bloss entdeckt und bewusst wahrgenommen werden.

Mach doch auch mal dieses Experiment, denn in den momentan doch eher öden Zeiten, können wir Glücksmomente doch alle ganz gut gebrauchen, oder?

Viel Glück dabei!

**Meine heutigen
5 Glücksmomente:**

1.

2.

3.

4.

5.

# Brüderchen komm tanz' mit mir...

Hallo und guten Tag lieber Leser. Die Sommerferien sind schon wieder vorbei und der schnöde Alltag hat uns wieder fest im Griff. Ich hoffe, du konntest den Sommer geniessen und trotz des doch eher sehr durchzogenen Wetters (du weisst ja: nach em Rägne, chunnts go Schiffe), das ein oder andere Lächeln im Gesicht verzeichnen.

Ich habe neulich beim Einkaufen eine Begebenheit erlebt (als Zaungast sozusagen), welche mich, ganz unerwartet, in Erinnerungen schwelgen liess, und davon möchte ich dir heute kurz berichten.

Ich war also wie gesagt neulich beim Einkaufen. Vor mir beim Regal mit den Guezli standen zwei kleine Dreikäsehochs, ein Junge, vielleicht sieben Jahre alt und wohl seine kleine Schwester, die vielleicht vier Lenze zählte. Die Kleine im gestreiften Sommerkleidchen und Schleifchen im Haar wollte, wie könnte es auch anders sein als kleiner Mensch, das Guezli weiter oben im Regal. Für kurze Kinderarme unerreichbar.

Alles Strecken und Hüpfen brachte da nichts. Ich war gerade auf dem Sprung, der Kleinen die Guetzli zu reichen, als der Bruder, in kurzen Jeanshosen und mit Baseballkäppi beherzt die Kleine an den Beinchen umfasste und sie kurzerhand hochhievte, so dass diese das Produkt der Begierde erreichen konnte. Ein Lächeln huschte mir übers Gesicht, denn diese Szene war witzig und rührend zugleich. Keine zwei Sekunden dauerte die Szene an, aber mir brannte sie sich in die Netzhaut ein.

Zu zweit kann man eben alles erreichen – auch die Guetzli ganz weit oben.

Und ganz unerwartet katapultierte mich diese Szene in meine Kindheit zurück. Ja, denn auch ich habe einen grossen Bruder, der mich in so manchen Situationen «aufrichtete», mich unterstützte und mir auf meinem Weg weiterhalf.

Ein grosser Bruder ist als kleine Schwester ein wahres Geschenk, kann ich dir versichern und wenn er nur ansatzweise so ist, wie es meiner war, dann gleich ein Jackpot.

Ich habe viel gelernt von meinem grossen Bruder. Nebst Lesen und Schreiben (chomm, mir spiled Schüelerlis!), auch das sichere «über die Strasse gehen» und das Einschalten des Decodier-Geräts für den Teleclub. Ein grosser Bruder zeigt dir den korrekten Umgang mit dem Familienhund (ganz fiin streichle) und weiss auch an verregneten Tagen immer ein tolles Spiel zum Zeitvertreib.

Mit einem grossen Bruder kann man sich herrlich zoffen, aber er verteidigt dich auch gegen blöde Nachbarskinder und nimmt auch mal die Schuld auf sich, um die kleine Schwester zu schützen.

Auch als Jugendliche habe ich viel profitiert von meinem Bruder und so manch doofe Matheprüfung habe ich dank seiner Vorbereitung und Engelsgeduld mit mir als absolute Matheniete bestanden.

Zeit also, mal **DANKE** zu sagen.

Dem grossen Bruder, der grossen Schwester, dem kleinen Nervzwerg, der kleinen Prinzessin. Dass sie da waren, Tag und Nacht und einem durch die Kindheit begleiteten. Dass sie ähnliche Sorgen und Nöte hatten wie wir selbst, uns Verbündete waren, um diese Herausforderungen des Alltags gemeinsam zu bewältigen. Ein grosser Bruder, der einem das Lesen und Schreiben beibringt, einem neue Welten eröffnet, mit dem man zusammen mit dem Gokart das kleine Strässchen vor dem Haus unsicher machen kann, der die kleine Schwester sicher über die Hauptverkehrsstrasse bringt und nebst Lego und Playmobil ihr zuliebe auch mal eine Barbie in die Hände nimmt ist mehr als bloss eine schöne Kindheitserinnerung. Es ist ein Mensch, der dich ein Leben lang begleiten wird, der mit dir die gleichen Erinnerungen teilt, Verbündeter und Freund auf ewig.

Und nun zu dir lieber Leser. Hast auch du einen grossen Bruder, eine kleine Schwester, vielleicht aber auch einen Bruder oder eine Schwester im Geiste (denn du weisst ja: Freunde sind Brüder und Schwestern, die wir uns selbst aussuchen), die das Leben bunt machen und die Erinnerungen lebendig halten?

Dann schnapp dir doch ganz einfach mal das Telefon oder greif in die Tasten und lass diesen ganz speziellen Menschen von seiner Bedeutung in deinem Leben wissen.

Sag DANKE, für das gemeinsam Erlebte, sag DANKE, für die Zeit, die noch kommen mag.

Eine Kindheit ist kurz, das Leben selbst auch – nutze es.

# Vieles kann ich ganz schlecht sogar ziemlich gut

Hallo, schön, dass du da bist. Ich höre immer mal wieder von meinen Mitmenschen, dass man dies nicht könne und jenes nicht tun würde, weil man sich nicht blamieren wolle, da man es ja nicht gut genug könne. Und so habe ich mir mal Gedanken gemacht, was ich eigentlich alles nicht tun sollte (gemäss dem Diktat unserer nach Perfektion strebender Gesellschaft), und es dennoch immer wieder mache, also, Obacht wir starten…

Ich fahre Ski. Nicht wirklich hübsch anzusehen, aber es macht mir grossen Spass. Meine Bögli sind etwas schief, manchmal auch gar etwas neben der Spur, der Oberkörper etwas steif, dafür die Beinchen wie Gummi, aber ich komme immer und überall runter, so.

Ich fahre Velo. Ich beachte die gängigen Strassenverkehrs-, und auch die zwischenmenschlichen Anstandsregeln, aber schön sieht wohl anders aus. Ich spiele Querflöte, ab und zu und dann meist schief und spontan, aber dafür mit viel Herzblut. Auch Gitarre und Didgeridoo sind vor mir nicht sicher. Was noch? Ich singe. Aus voller Kehle und chrüzhagelfalsch und ich sage stets: ich kann singen – es klingt bloss komisch.

Ich tanze. Ohne jegliches Rhythmusgefühl, dafür aber mit Herz und Seele. Und während ich hier so schreibe, kommen mir immer mehr Dinge in den Sinn, die ich nicht wirklich beherrsche, aber eben ganz schlecht doch ziemlich gut hinbekomme.

Wie bereits erwähnt, sind wir eine muntere Gesellschaft, die stets nach Perfektion strebt. Wenn man etwas macht, sollte man es schon auch ganz gut beherrschen. Für sich selbst? Wohl eher, um nicht negativ aus der Masse hervorzustechen. Ich habe mich stets für viele verschiedene Dinge interessiert und Perfektion zu erlangen war nie mein Ziel. Der Spass an der Sache und die Freude etwas Neues zu erlernen, waren stets Grund genug, denn Perfektion kann mitunter auch langweilen und einschränken und wir müssen nicht perfekt sein, um die Gunst unserer Mitmenschen zu erlangen.

Ich koche auch sehr gerne, aber mache keine kulinarischen Höhenflüge. Ich kann nähen, stricken und häkeln, kann waschen und bügeln, aber die Resultate benötigen meist eine gesunde Portion Humor.

Ich kann (mittlerweile) auch ganz gut Rechnen und mich auf Englisch verständigen und auch auf Französisch bekomme ich meist das, was ich will und metzge mich so durch. Ich schreibe und male aus Leidenschaft und während die einen es ganz toll finden, finden es andere wiederum grässlich.

Und nun stellt sich mir die Frage: Was ist denn gut genug und wofür denn auch? Weshalb verwehren wir uns so vielen Möglichkeiten, bloss weil wir denken, wir würden es nicht können und uns deshalb womöglich zum Affen machen?

Schade um die verpassten Gelegenheiten!

Denn hätte ich mich von Vorurteilen und Fremdmeinungen bestimmen lassen, wäre ich wohl nie in einen Steppkurs gegangen (denn uiuiui, was, wenn ich es nicht kann?), wäre nie an einer Hochschule gelandet, hätte niemals wieder die Ski angeschnallt und dürfte fortan wohl keine Küche mehr betreten.

Aber hey, was soll's, wenn wir unsere Mitmenschen ein wenig erheitern? Dann sehen wir eben witzig aus beim Skifahren, dann gibt es die Erbsli und Rüebli halt aus der Dose, dann hört man halt beim Französisch sprechen, dass ich Schweizerin bin, und dann quietscht es halt ab und zu beim Musizieren – was soll's? Sollen wir uns von diesen Kleinigkeiten etwa den Spass verderben lassen?

Vieles kann ich ganz schlecht sogar ziemlich gut – denn eben: Perfektion war nie mein Ziel.

Und so wünsche ich dir Mut und Selbstvertrauen das zu machen, wonach dir der Sinn steht, ganz ohne Hintergedanken, versagen zu können.

Denn ich bin überzeugt, dass viele ungenutzte Talente tief in uns schlummern und bloss die Angst, etwas nicht gut genug zu können, uns daran hindert, uns hemmungslos zu entfalten.

Was also wolltest du schon immer mal machen und hast dich bisher nie getraut? Leg alte Phrasen wie „das chan ich nöd" oder „da blamier i mi nu" ganz einfach ab und geniess die unzähligen Möglichkeiten, die uns das Leben schenkt. Denn dieses ist ja wohl alles andere als perfekt – und wir lieben es dennoch, ja vielleicht gerade deswegen so sehr.

# Es gibt immer was zu tun…

Halli hallo, schön, dich zu sehen. Ich war neulich an einem ganz besonderen Ort, einem Ort, an dem es von Ideen und heissen Köpfen nur so wimmelt. Uni? Technorama? Weit gefehlt! Ich war in einem stinknormalen Baumarkt, und jetzt muäsch lose…

Ich bin ein Mensch, der immer irgendwelche Ideen und Projekte mit sich rumschleppt. Manchmal setze ich mich abends aufs Sofa und schwöre mir, jetzt einfach mal NICHTS zu tun, meinen Geist in sich ruhen zu lassen und gleichzeitig rattert und knattert es im Oberstübchen und eine neue Idee, ein Geistesblitz durchfährt mich und zieht mich komplett in seinen Bann. Sei es ein Bildmotiv oder gar eine neue Geschichte, ein Kinder- oder Malbuch – fortan werde ich den Gedanken nicht mehr los und das NICHTS-TUN ist erneut vom Tisch. Tja, so ticke ich eben, aber weisst du was? Nicht bloss ich…

Mein Mann liebt es, sich im Baumarkt rumzutreiben. Für ihn ist das gefühlsmässig dem gleichzustellen, wenn ich die Zalando-App öffne oder die schwedischen Kleiderfreunde besuche. Serotoninausschüttung, also Glückshormone pur, gemischt mit einer leichten Brise Adrenalin. Genau wie andere Geschlechtsgenossen findet er es super, sich Maschinen und Materialien anzuschauen, sie bis ins Detail zu studieren und sich vom Angebot inspirieren zu lassen. Und so gehen wir des Öfteren in grosse Baumärkte und lassen uns treiben. Und während mein Mann das ausladende Sortiment neuer Maschinen begutachtet, beobachte ich neugierig meine Mitmenschen…

Warst du schon einmal in einem Baumarkt? Für mich ist dies immer wieder eine wunderbare Erfahrung. Die Stimmung in einem solchen Markt ist aussergewöhnlich, die Luft scheint zu vibrieren, denn jeder hat eine Idee im Kopf, ein Projekt im Herzen, das er verfolgt, dem er Raum und Zeit einräumt und oftmals nicht bloss Schweiss und Tränen (sondern auch eine ganze Stange Chlüder) hineinsteckt. Man hat sich entschieden, das Projekt nun endlich anzupacken, den inneren, faulen Schweinehund zu überwinden und hat meist bereits seit Montagmorgen im

Büro den Samstagnachmittag im Baumarkt ent-
gegengefiebert. Endlich kann es losgehen…

Ob es nun ein Baumhaus für die Kinder sein
soll, einen neuen Zaun für den Garten, eine
Schleifmaschine für was auch immer oder den
neusten Hochdruckreiniger – Aufbruchstim-
mung ist in jeder Regalreihe zu spüren und auf
allen angestrengt studierenden Gesichtern abzu-
lesen. Man will sich beweisen, sich neu erfinden,
der Herausforderung gewachsen und stolz darüber sein können. Meist sind es die Männer, die
mit irgendwelchen selbstgezeichneten Plänen zig
Schrauben und Holzlatten aussuchen, sie mit
ernsten Gesichtern auf Kosten/Nutzen prüfen,
während die Frauen hilfreich (manchmal auch
hilflos) danebenstehen und die Kinder sich auf
den Einkaufswagen sitzend langweilen. Na,
schon mal gesehen? Eben!

Sich im Baumarkt herumzutreiben, macht
Spass. Die Freiheit zu haben, sich einem Projekt
widmen zu können, wie eben die Erstellung von
«irgendetwas», die Renovation von «sonstwas»
oder das aalglatte Reinigen von «ebendiesem»
auch.

Ich bin ein grosser Fan des deutschen Sängers Reinhard Mey, du weisst schon: Über den Wolken… Er hat meines Wissens als einziger Sänger genau diese Thematik in einem Lied aufgenommen und beschreibt herrlich schön ironisch, wie Männer im Baumarkt funktionieren (denn ja, meist sind es ja die Männer), und so singt er in seiner unvergleichlichen eloquenten Art über den Wissensdurst und wie man Zargen genau zargt – eben, Männer im Baumarkt.

Und so wünsche ich dir und mir von Herzen viele schöne Besuche in einem Baumarkt, tolle Projekte, Ideen und Geistesblitze und den Tatendrang sowie den Mut, diese Ideen zu verfolgen und sie Wirklichkeit werden zu lassen.

Denn du weisst ja: Es gibt immer was zu tun. Packen wir's an!

# Ab ins nächste Level

Manchmal, da erreichen uns traurige Nachrichten mein Freund. Nämlich meist dann, wenn jemand überraschend verstorben ist.

Wenn Menschen von heut' auf Morgen einfach nicht mehr da sind, übersteigt dies oftmals unser Verständnis. Wir beginnen zu zweifeln, warum, weshalb und wieso. Wir werden uns unseres fragilen Daseins bewusst und dass in der nächsten Minute schon alles Geschichte sein könnte. Die Sicherheit, mit der wir durch den Alltag marschieren, bröckelt und das Kartenhaus stürzt ein. Solche Nachrichten rütteln auf und erden uns.

Menschen kommen, werden geboren, schon immer und Menschen gehen auch wieder, sie sterben, auch schon immer. Die Zeitspanne dazwischen hat sich im Verlaufe der letzten Jahrhunderte verlängert und mit ihr womöglich auch die Tiefe und Intensität der Beziehungen, die wir mit unseren Mitmenschen eingehen. Uns wird ein Leben geschenkt, welches man am Tag X wieder zurückgeben muss. Was für ein Geschenk soll das denn sein, bitte schön? Man baut etwas auf, man schuftet und investiert ins Leben und am Ende dann doch für rein gar nichts? Ungerecht meinst du? Mag sein.

Ich bin in den vergangenen Monaten mit Menschen in Berührung gekommen, die einen solch geliebten Menschen gehen lassen mussten. Ob nun das Schicksal erbarmungslos zugeschlagen hat oder dieser Mensch sein Recht auf Selbstbestimmung wahrgenommen und mit Hilfe aus dem Leben geschieden ist, sei dabei ganz egal. Dieser Mensch ist nicht mehr da, hinterlässt eine Lücke, hinterlässt Fragen.

Auch ich habe mich in meinem Leben schon von lieben Menschen (und Tieren!) verabschieden müssen und eine Lücke hat jeder dieser Individuen hinterlassen. Auch ich habe mir die Augen aus dem Kopf geweint und getrauert über den Verlust.

Nun bin ich aber davon überzeugt, dass diese Trennung räumlich sowie auch zeitlich begrenzt ist und man sich irgendwo und irgendwann wiedersieht. Weshalb sollte es auch nicht so sein?

Nichts ist für immer, wenn schon das Leben nicht, weshalb dann der Tod?

Dieser pragmatische Umgang mit etwas, dass Angst und Unsicherheit hervorruft, erleichtert mir das Leben und eben auch das Akzeptieren vom Ende desselbigen, des Todes. Es ist nicht alles aus, wenn jemand weggeht, er geht bloss ins nächste Level, ist Wegbereiter und wartet beim nächsten Bänkli in der Sonne auf mich. Schöner Gedanke, oder?

Unterm Strich wissen wir alle nicht, was da auf uns zukommt. Wir hoffen auf Vergebung, auf ein neues Leben, auf einen Neuanfang.

Viele Nahtoderfahrungen berichten von einem Tunnel, von Licht und Wärme, von einem Gefühl, das ruft ALLES IST GUT. Ich habe noch von keiner Erfahrung gehört, dass da brennende Teufel mit Geisseln auf uns warten, die einem den Hosenboden versohlen und die Daumenschrauben anziehen, für all die kleinen Lügereien und Betrügereien, die wir uns auf Erden geleistet haben. Du etwa?

Und so bin ich also ganz zuversichtlich, dass mich irgendwann mal einer meiner Vorfahren abholen kommt, mich an der Hand nimmt und sagt: „Los Sandy, jetzt aber Abfahre Züri 50, es wartet scho alli uf dich…", ich frohen Mutes diese Welt verlassen werde, um in die nächste eintauchen zu können. Und jetzt sag – ist das nicht cool?

Ein geliebter Mensch ist gegangen und wir fühlen uns verlassen und um diverse Chancen betrogen. Als würde man uns etwas wegnehmen, was man eben erst liebgewonnen hat.

Aber keiner geht ganz und so überdauern die schönen Erinnerungen die Zeit der Trennung und die anfängliche Trauer nimmt ab. Was bleibt ist die Freude daran, diesen Menschen in diesem Leben gekannt zu haben, und was für mich bleibt ist die Freude, irgendwann diesem Menschen irgendwo wieder zu begegnen.

Denn wer mich kennt, der weiss: Ich sage niemals leb wohl, sondern immer bis bald.

# Inside empty, sorry gäh

Hello, du bist da – schön! Ich habe mir neulich mal wieder seit langer Zeit ein Heftli an einem Kiosk gekauft. Einerseits aus Neugierde, was denn die Schönen und Reichen momentan so umtreibt, andererseits wohl auch ein bisschen aus Langeweile und weil ich nicht immer den Grind ins Facebook und Instagram halten will, wenn ich mal fünf Minuten nichts zu tun habe. Seis drum.

Nun habe ich mich aus der bunten Flut ganz spontan für ein Heftli entschieden, welches wohl die deftigsten Schlagzeilen alle auf der Titelseite platziert hat. Effekthascherei! Von den sechs sogenannten Promis kenne ich bloss noch deren zwei, für die anderen bin wohl ich schon zu alt. Die 2.20 Euro sind in der Schweiz dann grad glatte 4.40 Franken und ich staune, denn für 10 Stutz mehr bekäme ich bereits ein Taschenbuch mit schlauerem Inhalt.

Ich habe mich nun also mit Klatsch und Tratsch eingedeckt und mich sogleich auf den Heimweg gemacht. Bei gedimmtem Licht und Kuscheldecke tauchte ich ein in die glitzernde Welt der C-Promis.

Nebst den coolsten Influencern (nein, die haben keine Grippe), versuchen nun einige Models Dildos übers Netz zu verticken. Nicht wegen des schnöden Geldes wegen, chasch dänke – sondern Achtung, jetzt kommts: „Um die Orgasmuslücke zu schliessen und um auf eine Welt hinzuarbeiten, in der alle Menschen ihre Sexualität mit Bestimmtheit und Zuversicht annehmen können." Aha. Klingt schon toll, nicht? Darauf hat die Welt wohl noch gewartet. Next. Dann tauchen wir ein in die Suchtwelt der Promis. Wer bechert wo am meisten? Welche Entzugsklinik ist empfehlenswert? Gehört wohl dort drüben zum „Musthave" und guten Ton, Alkoholiker zu sein. Diese Amis aber auch!

Und so schlage ich mich Seite um Seite durch dieses Hochglanzmagazin. Ich erfahre mehr über angebliche Ehekrisen, über das (angebliche) Schlankgeheimnis von Herzogin Kate (Green

Smoothie, aber sagts keinem weiter), ich sehe verrückte Klamotten mit verrückten Preisen und erfahre, dass der neuste Trend „Body-Positivity" ist, also zu seinem Körper eine positive Einstellung haben, egal wie der gerade aussieht. Finde ich ja an und für sich eine gute Sache, aber irgendwie scheint mir der Trend doch bloss am Rande sein Dasein zu fristen (und eben bloss ein Trend zu sein), denn die Insta-Beautys haben noch immer den „Schön-glatt-gebügelt-Filter" auf ihren Hintern, sorry, ich meinte natürlich Bildern drauf. Oder meinst du, die sehen tatsächlich so aus? Ohne Falten, Dellen, Röllchen und Pickel? Wow, Hut ab.

Aber Leute, das ist noch längst nicht alles! Ich erfahre, dass eine „mit-50-er-Promi-Frau" noch gerne ein Baby hätte, während andere absolut gar nichts ändern würden und die Schlagzeile „Es ist egal, was andere denken" mich anspringt. Eine solche Aussage von einem Neu-Promi – mein lieber Scholli, die hat ja vielleicht Nerven!

Noch ein paar Skandälchen von irgendwelchen Menschen, die nichts anderes tun, als schön geföhnte Bilder von sich ins Netz zu stellen, ein

Horoskop, welches sich wohl auch irgendein Schreiberling aus den Fingern gesogen hat, und zu guter Letzt noch ein paar Beauty-Tricks der Schönen und ein paar Bilder der Villen der Reichen und fertig ist die 4.40 Franken teure Edel-Mischung über unnützes Wissen. Selbst schuld, kaufe ich diesen Schmarrn.

Und so landet dieses ausserordentliche Magazin schnell im Altpapier und ich wieder zurück in der Realität. Ich frage mich, ob dies tatsächlich ein Spiegel unserer heutigen Gesellschaft ist und diese Oberflächlichkeit auch bereits im Alltag Einzug gehalten hat.

Sind Influencer tatsächlich die neuen Stars, bloss weil sie gefilterte Bilder ihres angeblich vollkommenen Lebens für jedermann zugänglich machen? Weil sie uns zeigen, was sie essen, wo sie schlafen, weil sie in Kameras heulen, wenn etwas nicht klappt, wie gehofft und uns weismachen wollen, dies sei das wahre Leben?

Echt Leute?

Ich habe all die Jahre immer mal wieder solche Heftli gekauft, habe mich über angebliche Schlagzeilen gewundert und die meisten dieser

Promis sogar noch erkannt. Damals waren es Musiker und Schauspieler, vielleicht mal ein Sportler oder Politiker – heute sind es Influencer, Selbstdarsteller, die eigentlich absolut talentfrei sind. Tragisch nicht?

Und so bleibt nach dieser Lektüre ein fieser Nachgeschmack und die Befürchtung, dass wir als Gesellschaft in eine komplett falsche Richtung schippern. Eine Richtung, in der alle schön und reich sein sollten, oberflächlich und inhaltlich hohl.

Nun aber die Frage aller Fragen: wie schützen wir uns davor? Da kommt mir spontan bloss eines in den Sinn: Zuallererst mal Hände weg von diesen Hochglanzmagazinen.

# Von alternativen Methoden und Stimmen im Kopf

Hallo mein lieber Leser (und für alle unersättlichen Besserwisser – LeserINNEN, na zufrieden jetzt?). Ich bin aus tiefstem Herzen neugierig, jetzt nicht unbedingt auf das geheime Liebesleben meines Nachbarn oder den Furunkel am Hintern meines Kollegen, aber neugierig auf alles Unbekannte, auf ferne Länder, fremde Kulturen, neue Geschichten und so unbedingt. So habe ich schon mal an einem Steppkurs teilgenommen, mir ein Saxofon gekauft und bin des Öfteren beim Hata-Yoga eingeschlafen.

Als gelernte Drogistin stehen mir die verschiedenen Heilmethoden ohnehin nahe und somit bin ich auch offen und neugierig auf diese.

Nachdem ich verschiedene Massagen, Ernährungsmöglichkeiten, Nahrungsergänzungsmittel und auch das Kneipen versucht habe, bin ich bei meiner Suche auf die Kinesiologie gestossen. Spannend, was die so alles kann, denke ich mir und melde mich spontan in der Nähe zu einer ersten Sitzung an.

Ich muss gestehen, auch wenn ich neugierig bin, bin ich nicht frei von Vorurteilen. Als pragmatisch und durchaus rational unterkühlt denkender Mensch, tut eine Stimme im Kopf das meiste vorweg schon mal als Humbug ab und schmälert meine Empfindsamkeit gegenüber Neuem gewaltig. Stein im Weg, ich weiss schon.

Nichtsdestotrotz bin ich also in der Praxis für Kinesiologie erschienen.

Die Wahl der Farbe meines Trinkglases hat mich bereits aus den mir bekannten Bahnen geworfen (Grün, ist das irgendwie wichtig?) und für das Gespräch (gspürsch mi - fühlsch mi) hat sich meine Kinesiologin bestimmt eine zugänglichere Kundin gewünscht. Auf die Frage, warum ich hier sei, musste ich schon zweimal überlegen. Ein paar Kilos zu viel auf den Hüften, ein bisschen ungeduldig (wie man halt so ist), alles in allem nichts Schwerwiegendes aber eben halt die Neugierde, ob man diese Schönheitsfehler mit Hand auflegen korrigieren könnte – einfach und ohne jegliche Anstrengung meinerseits (ja, ich bin ein fauler Mensch und glaube noch an Wunder, mea culpa).

Und so legte ich mich, ganz relaxt, auf die Behandlungsliege und liess mit mir machen, was es da eben so zu machen gab.

Die Hände schweiften über meinen Körper, es wurden Klangstäbe geschlagen und in mir drin stritten „gutes Männchen" mit „bösem Männchen" um die Wette.

Während „böses Männchen" lästerte: „So ein Schmarrn, kostet Zeit und Geld, sonst nix!", redete „gutes Männchen" mir ein: „Wart's ab, die weiss, was sie tut". Also lag ich da, hielt meinen Arm nach oben, wenn gefordert, liess ihn fallen, wenn gefordert, atmete ein und atmete aus und versuchte so gut es ging, ernsthaft mitzumachen.

So. Summa Summarum und nach einer halben Stunde „Fühlen" weiss ich nun von einer Fachkraft, dass mein Körper meinem Kopf nicht hinterherkommt, denn dieser ist ständig in Bewegung. Des Weiteren sind meine Chakren (Obacht - Wurzelchakra!) nicht geerdet. Ich bin ein durchaus disziplinierter Mensch, bloss beim Essen lasse ich gerne mal was durchgehen. Die Kompensation sozusagen. Die Empfehlung gegen die unerwünschten Kilos ist die Änderung des Belohnungssystems (jetzt vor allem Kakao) durch eine feine Tasse Tee (ja genau) oder einen Spaziergang im Wald (ich glaub es hackt!). So, da hast du's.

Spannend, denk ich so bei mir, und das war's jetzt?

Ganz genau, das war's. Das Abschlussgespräch war dann dementsprechend nüchtern. Ob ich denn nun das bekommen, was ich erwartet hätte. Schon ziemlich, denke ich so bei mir und das „böse Männchen" nickt grimmig, denn dass ich für derlei Therapieformen gänzlich ungeeignet bin, habe ich heute wieder einmal bestätigt bekommen. Meine Chakren sind alles andere als geerdet und ich noch lange nicht in meiner Mitte angekommen. Der Kopf denkt zu viel und der Körper bewegt sich zu wenig. Eigentlich weiss ich das ja alles, aber eben, Wunder gibt's hier keine.

Und beim „Auf Wiedersehen" wussten wir beide, dass es keines geben wird und dass das gut so ist. Denn ehrlich gesagt, tat die Frau mir fast ein klein wenig leid, mit mir als absolut „untherapierbarem Vollpfosten", der nicht unpassender platziert sein könnte als in solch einer Praxis.

Und so hake ich „Kinesiologie" geflissentlich auf meiner To-Do-Liste ab und überlege mir, mal an einer Klangschalentherapie- oder Hypnosesitzung teilzunehmen. Nicht, dass ich mir davon irgendetwas erhoffe, nein, einfach aus reiner Neugierde.

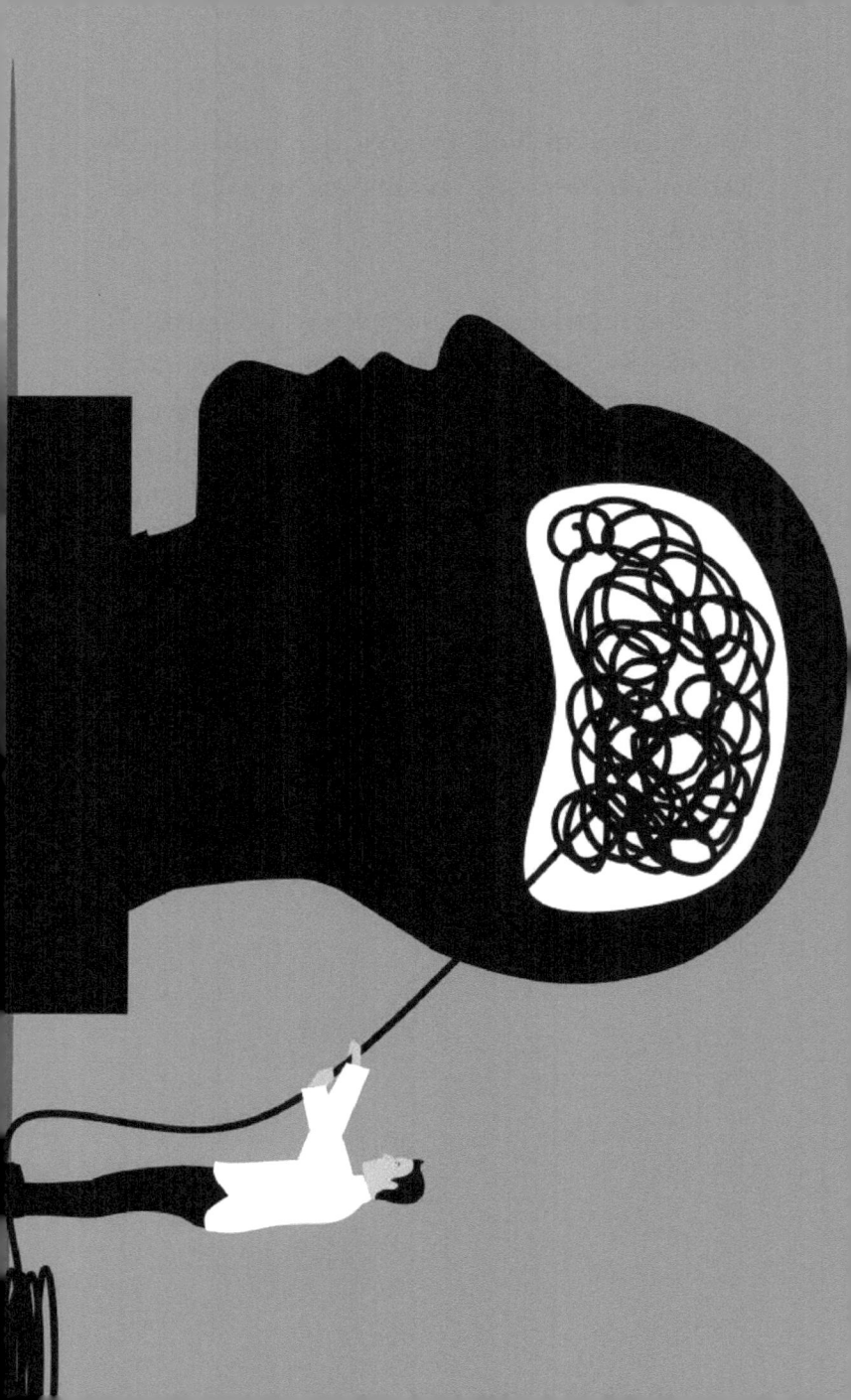

# Der Wägeli-Krampf-Kampf

Liebe Leser, an so manchen Tagen muss man einfach hinter seiner Maske grinsen…

Seitdem wir immer und überall eine Maske tragen müssen (liebevoll Schnüfi genannt), ist ein nie gekanntes Problem allgegenwärtig. Brillenträger unter uns schnauben schon wild und verwerfen die Hände über dem Kopf. Genau, das Anlaufen der Gläser, wenn man darunter diesen Huddel tragen muss. Man irrt halb blind durch die Regale im Supermarkt und erkennt seine Mitmenschen nicht mehr, denn die obere Hälfte des Kopfes ist verschwommen und die untere bedeckt, Klasse.

Kannst du dich noch an die Zeit erinnern (noch gar nicht so lange her im Fall), in der man draussen anstehen musste, um sein Klopapier kaufen zu können? Schräg nicht? So in Einerkolonnen vor der Migros ausharren, bis der Nachbar sich endlich für Bananen und Hackfleisch, Handcreme, Schöggeli und Geschirrspüli entschieden hat. Seis drum, wir haben's alle gemacht.

Und so stand ich vor noch nicht allzu langer Zeit ein bisschen genervt in besagter Schlange und schaute gelangweilt in die Welt hinaus. Von der festen Überzeugung, dass mich heute nun rein gar nichts zum Lachen bringen würde, wurde ich unverhofft eines Besseren belehrt.

Eine Dame, nicht mehr ganz taufrisch, steuerte an der Schlange vorbei zu den Einkaufswägeli. An sich nichts Besonderes aber Geduld meine lieben Leser: Diese Dame hatte ihre Maske nicht bloss über Mund und Rüssel gezogen, nein, sondern auch fast über die Augen, denn vielleicht macht es uns ja auch noch alle blind, wer weiss… Der kleine Rest dieser Äuglein, die nun mit dem Rand der Maske kämpften, lugten obendrein auch noch durch dicke Brillengläser und jetzt kommts – Beschlagalarm Leute!

Die Gute wollte sich nun also ein Wägeli krallen, um sich anschliessend in die Schlange der Hungrigen einzureihen. Gesagt, getan, jedoch steckte sie den Batzen nicht ins Fach des ersten Wägelis, sondern aufgrund schlechter

Sichtverhältnisse ins Zweite, Dahinterliegende. Und nun? Nun hat sie doch glatt zwei Wägeli gelöst und sich noch tierisch gewundert, weshalb das so ist.

Aber hey, was will man machen gäll?

Ein bisschen dran rütteln und schütteln, ein bisschen vor sich hinbrummeln und leise fluchen, es half alles nichts, die Wägeli hingen aneinander wie die Kletten. Anstatt nun beide Wägeli zurückzuschieben und den Stutz ins richtige Fach zu bugsieren, nahm die Dame einfach ein „Doppelwägeli" mit in die Schlange, man will ja nicht blöd auffallen, schon gar nicht in erschwerten Zeiten wie diesen. Die meisten „Mitansteher" haben die Szene ebenfalls beobachtet und sich entweder peinlich beschämt abgewandt oder ungläubig hingestarrt. Keiner hat geholfen. Und ich? Ich auch nicht, sorry. Ich konnte mir ein breites Grinsen ebenfalls nicht verkneifen, denn die Szenerie war einfach herrlich blöd und wunderbar herzig zugleich.

Nach minutenlangem Anstehen entschied sich die Frau dann doch noch dafür, das Doppelwägeli zurückzuschieben und zurück auf Anfang zu gehen und wisst ihr was liebe Leser? Beim zweiten Mal hat's dann auch geklappt und sie stand mit einem Normalo-Wägeli zuhinterst in der Schlange. Die Brillengläser noch immer beschlagen, die Maske noch immer quer überm Gesicht, schwer atmend ob diesem Kampf, aber nun wieder in der Spur… Niemand hat was gesagt, aber alle haben hinter ihren Masken gegrinst. Ich schwör's.

Ja meine Lieben, manchmal kann so ein „Gsichts-Schnüfi" auch ganz hilfreich sein und sei es auch nur, wenn man sich sein dämliches Grinsen nicht verkneifen kann.

Niemand will blöd dastehen vor seinen Mitmenschen. Wir alle versuchen jeden Tag alles richtig zu machen und bloss nicht aufzufallen. Aber machen uns solche kleinen Alltags-Fauxpas nicht menschlich ja geradezu sympathisch?

Ich geb's ja zu: Ich bin schadenfreudig meine lieben Leser! Solche Episoden erheitern mich.

Aber wisst ihr was? Manchmal bin ich diejenige in der Schlange, aber oft genug bin ich selbst diejenige mit dem Wägeli…

Grinsen und sich diebisch freuen - ausdrücklich erlaubt.

# Hyggst du schon?

Hallo und schön, dass du da bist. Wenn man in den vergangenen Wochen nach draussen schaute, winkte einem der Herbst in all seinen Facetten entgegen. Der Oktober hat uns mit Sonne pur und wolkenlosem blauem Himmel geradezu verwöhnt und wohl all diejenigen ein bisschen getröstet, die auf einen tollen Sommer in diesem Jahr verzichten mussten. Und nun der November... ein kleiner Hauch Weihnachten liegt seit Beginn dieses Monats bereits in der kalten Luft und ein grosser Hauch Weihnachten liegt bereits seit unzähligen Wochen in den Läden. Ich sag dir eines – der Herbst ist meine absolute Lieblingsjahreszeit, denn da gibt es alles!

Man kann an schönen Tagen noch draussen vor dem Spunten höcklen und sich die Sonne ins Gesicht scheinen lassen (und das ganz ohne Sonnenbrand – super!), oder man kann sich abends bei einem Kaminfeuer und einer flauschigen Decke ganz gemütlich vor dem Fernseher räkeln. Man kann ohne schlechtes Gewissen ein Glace zum Dessert geniessen, oder sich voller Inbrunst dem Raclettieren und Fondueieren widmen, toll nicht?

Und während nun wohl einige vom „Team-Sommer" ganz angewidert die Lippen schürzen, die Nase krausziehen und sagen, dass ja wohl die meisten der Spätherbst- und Wintertage einfach nur hässliches Wetter mit sich bringen, so sage ich euch, ich liebe auch dieses. Die nebelverhangenen grau-in-grau-Tage, das Huddelwetter, die Kälte und auch den Schnee. Wenn die Zeit gekommen ist, sich die derben Winterstiefel überzustreifen und den übergrossen Schal umzubinden, bin ich happy. Denn weisst du was? Es ist die Zeit der Gemütlichkeit, der Zweisamkeit, der Freunde und der Familie.

Die Dänen (übrigens ein tolles Volk!) haben dafür sogar ein eigenes Wort – Hygge. Im Wesentlichen umschreibt Hygge eine gemütliche, herzliche Atmosphäre, in der man die tollen Seiten des Lebens zusammen mit lieben Freunden, Bekannten und der Familie geniesst. Ein Kaminfeuer, kuschelige Wollsocken, eine Tasse wärmender Tee können ebenso dazugehören wie

Kerzenlicht und leise Musik. Hygge kann unglaublich vieles sein, für mich ist es jetzt.

Und nun die Adventszeit meine Damen und Herren! Ich liebe es, Adventskalender zu basteln, mir Gedanken über Geschenke zu machen, einen Christbaum zu schmücken, das Weihnachtsfest zu organisieren. Ist es nicht toll, über Weihnachtsmärkte zu bummeln oder im Schnee spazieren zu gehen? Ich bin ganz verrückt nach Vanille- und Zimt-Duftkerzen, Mandarindli-Hände, die man auch auf 100 Meter Entfernung noch riechen kann und auch den Käsegestank vom Raclette, der am nächsten Tag noch immer in der Wohnung hängt, gehört dazu. Ist das nicht die tollste Zeit im Jahr?

Ich weiss, für viele ist das die absolut stressigste und hektischste Zeit überhaupt. Zu viele und zu teure Geschenke kaufen, nervige Familienbesuche, zu viel Essen, zu viel Trinken, zu viel Nähe, zu viel von allem… aber hat man diese Dinge nicht selbst in der Hand?

Für mich ist es in erster Linie die Zeit der Häuslichkeit, des Entschleunigens. Eine Zeit, um innezuhalten, sich und das vergangene Jahr zu reflektieren, Erkenntnisse daraus zu ziehen. Oft sitze ich abends auf dem Sofa, blättere in meiner Agenda (ja, ich habe noch eine alte aus Papier - huii), lasse die Tage, Wochen und Monate des auslaufenden Jahres Revue passieren, die schönen Momente noch einmal aufleben und schmiede zeitgleich Pläne fürs kommende Jahr. Und alles natürlich im Hygge-Style, mit Wollsocken, Kaminfeuer und Flausch-Decke.

Und so wünsche ich euch liebe Leser eine wunderschöne Adventszeit und tolle Weihnachten. Ich wünsche euch Freude beim Aussuchen der Geschenke, Freude am bunten Papier, an den vielen fein duftenden Kerzli, am guten Essen und leckerem Wein. Ich wünsche euch tolle Gespräche und liebe Menschen um euch herum und die nötige innere Ruhe, sich dieser ganz speziellen Zeit im Jahr vollumfänglich hingeben und das Hier und Jetzt geniessen zu können.

Hygg doch einfach mit!

# Reset

Grüezi und herzlich willkommen, das letzte Mal im alten Jahr. Traditionsbewusst, wie ich nun mal bin, möchte ich hier und heute einen kleinen Rückblick machen.

Auch in diesem Jahr hat uns so einiges bewegt. Zum Jahresbeginn, man glaubte es kaum, stürmten Anhänger vom damaligen amerikanischen Präsidenten das Kapitol. Wut und Hass bahnten sich ihren Weg und manch einer hier schüttelte ob dieser Szenerie, die man überall im Fernsehen mitverfolgen konnte, ungläubig den Kopf. Eine solche Spaltung der Gesellschaft, hui nei, diese Amis aber auch! Gott sei Dank nicht bei uns! Unvorstellbar! Im Frühling verstopfte nicht bloss ein Kutter den Suezkanal, sondern auch verwirrende Meldungen aus Politik und Wirtschaft unsere Köpfe. Impfkampagnen und Maskenaffären dominierten die Schlagzeilen. Lockdowns und Öffnungen, dafür und dawider, für jeden war was mit dabei.

Im Sommer wütete eine Hochwasserkatastrophe im Westen Deutschlands. Menschen mussten gar per Helikopter von den Dächern ihrer eingeschlossenen Häuser gerettet werden. Viele haben alles in Sekundenschnelle verloren. Die Solidarität war gross und unzählige freiwillige Helfer reisten ins Krisengebiet und packten mit an. Muss denn immer zuerst eine Katastrophe geschehen, um einander beizustehen? Im Spätsommer bombardierte man uns mit verstörenden Bildern aus dem kriegsgebeutelten Afghanistan. Menschen flohen vor den Taliban, versuchten verzweifelt einen der letzten Flüge raus aus dem Elend zu erwischen. Das Leid der Menschen war und ist grenzenlos, auch wenn sich die Medien alsbald von diesem Thema wieder abgewendet haben. Was will man denn machen, gäll, ist ja gottlob weit weg.

Und zwischen all diesen Schlagzeilen stand immer das fiese kleine Corona. Nach wie vor und immer noch klebt es uns in all seinen Variationen wie Kaugummi am Schuh. Nun hat sich die davon ausgehende Gefahr jedoch gegenüber dem Vorjahr ganz perfide gewandelt, denn nachdem die Ängste um die eigene Gesundheit und die der Liebsten abgenommen hat (man lernt ja damit zu leben, nöd wahr), spaltet es nun die Gesellschaft auf eine nie gekannte Art und Weise in zwei Lager und jedes dieser Lager würde gemäss seinen Überzeugungen alles tun, um wieder zur Normalität zurückzufinden. Skurril, nicht? Denn das Ziel scheint das gleiche…

Corona verändert die Gesellschaft, es zerstört Freundschaften und spaltet Familien. Die Frustration der vergangenen zwei Jahre entlädt sich zusehends auf der Strasse. All die negativen Gedanken münden in Gewalt und suchen sich ein Ventil. Die Ohnmacht lenkt die Szenerie. Bilder von Ausschreitungen auf dem Bundesplatz, von Massenkundgebungen mit erhöhter Gewaltbereitschaft. Hier bei uns? Ui bhüetisnei au! Ich kann verstehen, dass die Menschen frustriert sind. Diese Spirale dauert schon viel zu lange. Ich kann verstehen, dass man zurück will, zur Normalität, zur Freiheit, die wir als selbstverständlich erachtet haben. Auch ich will zurück. Auch ich bin müde. Aber Gewalt erzeugt immer nur Gegengewalt, und diese bringt uns keinen Schritt vorwärts.

Wo sind die typisch schweizerischen Eigenschaften abgeblieben? Wo stecken Kompromissbereitschaft und Toleranz? Unser System beruht doch nicht auf Gewalt! Lasst es uns besser machen als alle um uns herum, seien wir respektvoll gegenüber unseren Mitmenschen, auch wenn diese anderer Meinung sind. Drücken wir gemeinsam den Reset-Knopf. Sehen wir wieder den Menschen vis-à-vis von uns, den Nachbarn, die Tochter, den Freund, die Tante, den Diskussionspartner. Sehen wir nicht bloss eine anonyme Maske, eine politische Überzeugung, einen Feind. Der Feind sitzt nicht in unserer Gesellschaft, der Feind bedroht diese. Lasst uns, uns im neuen Jahr wieder auf unsere Wurzeln besinnen. Auf das, was wirklich zählt. "Wir wollen sein ein einig Volk von Brüdern, in keiner Not uns trennen und Gefahr…".

Lasst uns Teil der Lösung sein, nicht des Problems. Auf das uns das neue Jahr, neue Herausforderungen schenkt, die wir GEMEINSAM und gewaltfrei bewältigen können. Reset.

# Air-to-Fakie, Backflip Doublecrab oder doch McTwist?

Hallo und schön, dass du hier bist. Ich hoffe, du bist gut ins neue Jahr geschlittert und hast genauso viele Ideen, Wünsche und Pläne wie ich im Gepäck.

Nun möchte ich dich gar nicht lange langweilen mit meinen vielen guten Vorsätzen, aber einer davon ist wieder mit dabei, und den möchte ich dir nicht vorenthalten - mehr Sport! Nebst Nordic Walking, Velofahren, Boxen und Trampolin (und nein, keine Sorge, ich mache das also auch nicht alles regelmässig), habe ich mir vor kurzen einen Hoola-Hopp-Reifen zugelegt. Kennst du bestimmt noch aus deiner Kindheit, oder? Diesen grossen Reifen, den man mittels kreisenden Hüftbewegungen oben halten muss. Und allen bösen Stimmen zum Trotz, von wegen ich sei ein Körperklaus - ich kann es! An die vielen blauen Flecken auf meinen Bauch muss ich mich zwar erst noch gewöhnen Inserat: Dieser spezielle Hoola Hopp Reifen massiert zusätzlich die Bauchmuskulatur mit seiner wellenartig geformten Innenseite, das tut er auch meine Freunde, und ich sehe momentan aus, als hätte mich ein Velo überfahren, aber sei's drum, ist ja nicht Badi-Zeit.

Und so versuche ich, Woche für Woche meinen «Sport-Anforderungen» an mich selbst irgendwie gerecht zu werden…

Nun war ja der Vorsatz: mehr Sport (in welcher Form auch immer) und so setze nun auch ich mich vor die Glotze, wenn es heisst: Adelboden, Wengen, Hundschopf, Canadian Corner und Schlag-mich-tot-Abfahrt. Mit einem Skibegeisterten Partner an deiner Seite wirst du ganz automatisch in diesen Sog mit hineingezogen, und auch ich fiebere nun mit, wenn Kugelblitz, Odi und s'Wendy am Start stehen.

Und dabei musst du wissen, dass ich bis vor fünf Jahren nicht mal deren Namen gekannt habe. Sport im TV war mir gänzlich zuwider. Ob nun Fussball, Leichtathletik, Skirennen oder was auch immer, der Finger flog nur so über die Fernbedienung und schaltete im Automatik-Modus auf einen anderen Kanal.

Aber, sag niemals nie und es kann ja nicht schaden, wenn man seinen Horizont und seine Allgemeinbildung auch in diesem Themenbereich ein wenig erweitert.

Mittlerweile schaue ich Hockey, Fussball, Leichtathletik, jegliche Art von Skisport (ja, sogar Biathlon und Langlauf) und auch beim Sportpanorama bleibe ich stoisch sitzen. Bloss Tennis, das finde ich (sorry liebe Leser und Roger Federer-Fans da draussen) nach wie vor das Letzte und sowas von todlangweilig und ich nerve mich, wenn die nachfolgende Sendung verschoben wird und nochmals verschoben wird und schlussendlich dann ganz ausfällt, bloss weil die Kerlis so lange spielen… wenn Tennis im TV kommt, schnappe ich mir doch lieber ein Buch oder gehe Boxen. Also alles was Recht ist, gäll.

Ski-Cross finde ich zum Beispiel noch ganz amüsant, besonders wenn sie aufeinander drauffahren und sich gegenseitig abschiessen. Ich bin auch voll dabei, wenn sie sich beim Hockey mal so richtig auf die Mütze geben. Schlegi, Schlegi! – haben wir früher in der Schule freudig gerufen, wenn zwei sich verkloppt haben. Bobfahren ist schon eher schwere Kost für mich (die fahren ja bloss diese Röhre runter), Skispringen ist ja irgendwie auch immer das Gleiche und beim Autorennen kann ich innert Minuten sanft einschlummern. Golf und Dart im Fernsehen finde ich irgendwie seltsam, liegt sicher daran, dass ich die Regeln nicht kenne, Billard spiele ich lieber selbst und Velorennen - ohjemine.

Den Snowboardern beim Halfpipe springen kann ich bloss eine Weile zusehen, denn dann beginnen mich diese merkwürdigen Ausdrücke zu nerven.

Ob Backflip, 180°C Tripple-was-auch-immer, oder einen Hangloose-Indy Nosebone, Corkscrew-Freakie-Loop – egal, sie nerven mich alle und ich muss dann ganz schnell auf Shopping Queen umschalten, sorry by the way.

Und auch wenn es schön anzusehen ist, wenn ein Schweizer auf dem Podest steht und auch wenn es toll zu wissen ist, dass keiner neben der Piste gelandet ist und sich das Genick gebrochen hat und auch wenn es spannend ist, unsere «Jungs» und «Mädels» anzufeuern –

irgendwann ist dann doch der Punkt erreicht, bei dem ich mich verabschieden muss und die Sportwelt, Sportwelt sein lasse.

Denn wie alles im Leben, macht das richtige Mass die Mischung aus, und eine Überdosis liegt mir dann schwer im Magen.

Und so freue ich mich auf die Skiferien, darauf, selbst auf den Brettern zu stehen und den Hang hinunterzusausen, ich freue mich, wieder Velo zu fahren im Frühling und im Sommer mal wieder im See schwimmen zu gehen. Denn eigentlich ist es bei mir mit dem Sport wie bei allem im Leben. Es muss mir Spass machen und mich begeistern, ansonsten heisst es schnell einmal – Sandy Jud – DNF (Did not finish).

# Ich bin zwar kein Star,
## aber holt mich trotzdem hier raus!

Ihr Lieben, schön, dass ihr da seid. Ich bin ein Mensch, der ganz gerne Fern sieht. Ich ziehe mir gerne die Nachrichten rein, um auf dem neusten Stand der Entwicklung unseres Planeten und unserer Gesellschaft zu sein. Ich will mitreden können und Hintergrundwissen haben, wenn im Familien- und Freundeskreis diskutiert wird.

Ich schaue mir aber mittlerweile auch mal die eine oder andere Sportsendung an (vergl. Air-to-Fakie, Backflip Doublecrab oder doch McTwist?) und den Feierabend läute ich meist mit einer Folge „Shopping Queen" ein, denn ich finde es herrlich, anderen beim Einkaufen zuzusehen und ich mag den Designer ganz gerne, weil auch der so hundskommun ist (und zwar im positiven Sinn).

Manchmal, wenn ich abends mal allein bin, schaue ich mir auch Sendungen an, die ich meinem Mann nicht zumuten kann.

Dann beobachte ich, wie Menschen innert 90 Tagen heiraten und oftmals, trotz der vermeintlich grossen Liebe, an kulturellen Differenzen im Alltag dann doch scheitern. Warum ich mir das ansehe? Meist wegen der kulturellen Einblicke in fremde Wohnzimmer. Also pure Neugierde und natürlich auch ein Hauch Sensationsgier.

Auch wie Menschen mit starkem Übergewicht leben und versuchen (und es meist auch schaffen!) Unmengen von Kilos abzunehmen, flimmert dann über den Bildschirm. Eine gute Motivation für mich, weiterhin mein Sportprogramm zu verfolgen und auch wenn zukünftige Bräute sich ihr Kleid aussuchen, bin ich ab und zu mit von der Partie. Du siehst, meine Schmerzgrenze ist ziemlich hoch…

Amerikanische Actionfilme mag ich eigentlich immer weniger, bei französischen Komödien bin ich mit dabei und bei Horrorfilmen (aber nur gut gemachte), stehe ich an vorderster Front. Als Ausgleich zur Gänsehaut ziehe ich mir manchmal einen alten Disney-Film rein und singe dann lauthals mit. Ob Arielle die Meerjungfrau, Eliott das Schmunzelmonster, Belle aus die Schöne und das Biest, Schneewittchen, Dornröschen, Merlin, Aschenputtel oder Mulan, Susie und Strolch oder Alice und Aladdin – ich kenne sie alle.

Bei Kochsendungen bin ich eigentlich raus, die finde ich tödlich langweilig. Dann koche ich in dieser Zeit doch lieber selbst, dann kann ich es wenigstens danach auch selbst essen.

Krimis stehen auch ganz hoch oben auf meiner Liste, denn einen komplexen Fall in nur einer Stunde zu lösen, das kann nun wirklich nicht jeder. Da muss schon der Staatsanwalt, die Chefin oder gar der Alte ran. Dokumentationen von schwierigen Schulwegen auf der ganzen Welt, von Enten, die in Thailand grasen und so das Ungezieferproblem auf den Reisfeldern lösen oder von Megacitys und ihren Bewohnern liebe ich. Sie sind für mich Unterhaltung, Wissen und das Tor zur Welt zugleich.

Nun habe ich in den letzten Tagen mal wieder spontan spät abends ins Camp der C-Promis gezappt. Ich habe sie schreien, weinen und schimpfen gesehen, schlammbeschmiert und am Rande des Nervenzusammenbruchs und da meine lieben Leser, war auch ich raus. Zuzusehen, wie sich wildfremde Menschen zum Affen machen, war auch mir eine Spur zu trashig.

Und das ist ja bloss eines von vielen neuen unzähligen Fernsehformaten, die nicht bloss langweilig, sondern einfach absolut überflüssig sind. Wer bitte schön, will schon Promis beim Murmeln sehen?!

Was ist aus den guten alten Abendunterhaltungen der 80er und 90er passiert? Als wir gemeinsam mit Raymond Fein die Traumpaare auf die Probe stellten, mit Michael Schanze bei Flitterabend in der Wolkencouch hingen, mit Jürgen von der Lippe Donnerlippchen spielten oder beim Wetten Dass mit Thomas Gottschalk uns beeindrucken liessen.

Ganz ehrlich Leute, mir fehlen diese unverdorbenen leichten Unterhaltungssendungen, bei denen niemand erniedrigt wurde, keiner sich offenbaren, keiner üble Dinge essen oder sich gar live übergeben musste. Mit Linda de Mol Hochzeit feiern, mit Harry Wijnvoord den richtigen Preis erraten, mit Rudi Carrel das Herzblatt finden oder sich überraschen lassen oder mit Kurt Felix Spässchen treiben – was waren das für Zeiten!

Wo sind all die grossen Showmaster abgeblieben, und weshalb kommen keine mehr nach? Eine Zeiterscheinung?

Und so musste ich wohl oder übel den TV abstellen, denn diese Dschungel-Sendung war selbst für meinen breit gefächerten Geschmack allzu doof und nur in der allerersten Staffel vor Jahren zu ertragen, als alles neu und spannend war und man die Camper noch von irgendwoher gekannt hatte.

Und wer weiss, vielleicht gibt es irgendwann ja mal wieder eine Zeit der grossen Abendshows, in denen sich keiner für Geld lächerlich machen muss?

Wenn ja, dann bin ich mit dabei. Denn die Zeit zeigt uns eines: Alles fliesst und wiederholt sich immer und immer auf irgendeine Art und Weise wieder.

Und bis dahin schaue ich eben Krimis und Nachrichten, Disneyfilme und Dokus von fernen Ländern. Ist ja eigentlich auch mehr als genug.

nze!

Jörg Draeger

JETTEN PASS...

DONNER LIPPCHEN

Verstehe Spaß

Bildlegende: Goog

DER PREIS

RAUMPAAR

# Die 7 Phasen des Strandlebens

Ihr Lieben. Jetzt, wo Corona nun doch so langsam endlich Geschichte zu sein scheint, macht man sich wieder voller Vorfreude an die Ferienplanung. Auch ich bin es langsam leid, bloss innerhalb der eigenen Landesgrenzen Urlaub zu machen und versteht mich bitte nicht falsch, ich liebe unser Land, aber die Welt hat halt schon ziemlich viel zu bieten, was entdeckt werden will und ich will es entdecken.

Und so sehne ich mich sogar nach einem Tag am Strand meine Freunde. Das ist bereits eine kleine Sensation meine Lieben, denn wer mich kennt der weiss, dass ich alles andere als der Strand-Typ bin.

Zuerst einmal, ich bin kreideweiss. Nicht einfach ein bisschen hell, nein, weiss wie die Wand. Das allein lässt bereits alle Blicke auf mich ziehen und ein Gang zum Wasser ist meist ein Spiessrutenlauf. Nun, man weiss ja eigentlich, dass Vorstellung und Realität meist überhaupt nichts miteinander zu tun haben, aber man hegt halt auch immer die Illusion, es könnte doch mal anders sein. Also, der Tag am Strand. Man macht sich auf mit grosser Tasche, mit Tüechli und Getränken, mit Sonnenhut, Sonnenbrille und natürlich schon das erste Mal komplett eingecremt. Kommt man nun an den Strand beginnt Phase 1, das Suchen nach freien Liegestühlen. Meist sind schon hundert andere vor dir da oder die besten Plätze von unseren Nachbarn aus dem grossen Kanton mittels Tüechli reserviert. Man geht nun also mit seinen Flipflops Reihe für Reihe durch den Sand, sackt bei jedem Schritt unangenehm ein, so dass es ribscht zwischen den Zehen, versucht dabei angestrengt, seinen Hut nicht zu verlieren und eine halbwegs gute Figur dabei zu machen. Denn gefühlte 100 Augenpaare sehen dir dabei zu…

Hat man nun so ein freies Pärli Liegestühle mit Sonnenschirm entdeckt, krallt man es sich auf der Stelle. Man setzt sich auf die mit meist blauem Nylonfaden bespannte Fläche, meist auch noch mit Sand vom Vorgänger überhäuft und wartet auf den Vermieter, der auch sogleich auftaucht wie Phönix aus der Asche. Die paar Euro sind dann auch schnell bezahlt und der nette junge Herr markiert die Liegen mit irgendwelchen Hieroglyphen und verschwindet so schnell er gekommen ist. Tja und dann?

Dann sitzt man da und ist froh, dass die erste Hürde erfolgreich genommen wurde und man schliddert sogleich in Phase 2 und versucht sich einzurichten. Die übergrosse Tasche landet meist in der Mitte der beiden Liegestühle (die Wertsachen sollten ja doch ein wenig im Auge behalten werden, nicht?), ein kleines Handtuch wird an eine der Querverstrebungen des Schirms gehängt (warum auch immer) und die Sonnencreme in Reichweite gelegt. Anschliessend versucht man, es sich auf dem scheiss unbequemen Liegestuhl irgendwie bequem zu machen. Man riegelt an der Kopfstütze rum und nicht bloss einmal, kracht der ganze Stuhl in flache Liegeposition. Hat man seine Wunschhöhe erst mal gefunden, sitzt man so da und schaut sich um.

Zu einer Seite sieht man die Durchschnittsfamilie mit den zwei bis drei kleinen quengeligen Kindern, meist die Tapen und das Schnäuzchen mit Eis beschmiert oder irgendein Sandförmli in den Händen haltend. Man sieht eine übereifrige Mami, die probiert, ihren Zwerg einzucremen und einen langsam aber doch sichtlich genervten Papi, der sich mittels geschlossenen Augen versucht aus der Affäre zu ziehen.

Auf der anderen Seite kann man die altbekannte Sonnenanbeterin sehen, deren Haut aussieht wie ein Schrumpfapfel und in etwa die Farbe einer Louis Vuitton-Tasche hat. Die 40 Jahre ungebremster Sonnengenuss hinterlassen halt ihre Spuren, nöd wahr.

Eine Reihe weiter vorn sitzt dann eine englische Familie mit Hautfarbe so weiss wie meine. Mit Vorliebe geniessen die ein kühles Bier und Sonnencreme – bha, wer braucht schon Sonnencreme? Die Rücken verfärben sich zusehends rot (mit lustigen Blasen) und auch unter den Busen (vor allem bei den etwas beleibteren Herren) wird es auch ganz schön feurig. Irgendwie hübsch anzusehen, so gestreift in weiss und rot.

Was haben wir noch? Die ekelhafte Strandschönheit natürlich. Sie ist meist Mitte zwanzig, hat langes wallendes Haar und stolziert mit einem verliebten Jüngling am Arm am Meer entlang. Der knappe Stringtanga zeigt einen Knackpo, von dem die meisten Ladies am Strand bloss träumen und diese Bikini-Pracht auf der Stelle abgrundtief hassen und abmurksen könnten dafür. So, nun ist die Lage sondiert, auf zu Phase 3. Die Zeitung oder alternativ das Schundheftli vom Kiosk. Man versucht, sich in Nonsens zu vertiefen und sich mittels Schirms im Schatten zu halten. Ist der kleine Zeh mal draussen an der prallen Sonne, merkt man das im Allgemeinen sehr schnell, und somit beginnt das muntere Schatten-Nachrücken, welches über den ganzen Tag hin anhält.

Tja und irgendwann ist auch das beste Magazin am Ende und man beschliesst, in Phase 4 zu steuern und das Meer zu begutachten.

Oftmals, ist euch das schon aufgefallen, bleibt einer zurück, um auf die teure Sonnenbrille, das Portemonnaie oder das Handy aufzupassen - diesen Touris ist ja alles zuzutrauen, nicht?

Und während der eine im Meer plantscht (isch im Fall garnöd sooo chalt Schatzi!), liegt der andere weiterhin gelangweilt im Liegestuhl und betrachtet im besten Fall für ihn die Bikinischönheit zwei Reihen weiter. Phase 5 ist dann wohl das selbstmitgebrachte Sandwich, welches mittlerweile im heissen Sand gegart ist, und man kauft sich beim fliegenden Händler eine kalte Cola dazu, Hirnvereisung inbegriffen. Zufrieden und satt pfust man dann ein und bemerkt nicht, dass die Sonne kein Nickerchen macht und stetig und unerbittlich weiterzieht. Hat man einen netten Strandpartner dabei, weckt dieser einem, um zu sagen, dass das rechte Bein sich doch langsam rötlich verfärbt und man eine neue Schicht Sonnencreme auflegen sollte. Gesagt, getan, kommt bestimmt ein spontaner Windstoss und paniert kann man dann weiterschnarcheln. Du merkst es? Ich bin ein Strandfan.

Und nachdem ich auch Phase 6 (ich brauch ein Glace) und Phase 7 (jetzt wird es aber kühler) durchlebt habe, bin ich alsbald auch schon auf dem Weg zurück ins Hotelzimmer, Bungalow oder was auch immer und freue mich auf eine erlösende Dusche.

Noch immer das Rauschen des Meeres und die Schreie der Händler mit den Badetüchern in den Ohren (wer bitte schön kauft am Strand Badetücher?), entknote ich meine vom Wind zerzausten Haare und bin dann abends ganz beseelt vom Tag am Strand und mein Bein scheint auch ein kleinwenig Farbe angenommen zu haben.

Ja, meine Freunde, so sieht ein entspannter Tag am Strand aus: Sitzen, liegen, lesen, baden, trocknen, essen, dösen, sich über seine Mitmenschen amüsieren und sich auf den nächsten Tag freuen, wenn es heisst: Mietauto abholen und die Insel entdecken. Buona notte.

# Von Ursache und Wirkung

Fassungslos und noch immer mit offenem Mund verfolge ich die Nachrichten der letzten Tage. Krieg in Europa? Undenkbar! Die Menschheit hat doch aus ihren Fehlern gelernt, müsste man meinen! Müsste man meinen. Und nun ist das Unfassbare dennoch geschehen und ein Land hat ein anderes angegriffen. Nicht bloss auf dem Papier, nicht „bloss" in der virtuellen Welt. Mit Panzern und Raketen, mit Wut, Hass und Unwissenheit, stürzen sie sich gegenseitig ins Verderben.

Man möchte nur noch weinen, sieht man die schrecklichen Bilder im Fernsehen. Warst du am Mittwoch noch ganz normale Hausfrau und Mutter, Tochter, Schwester, Bankangestellter oder Gemüsehändler, Vater, Bruder oder Sohn, bist du am Freitag bereits Flüchtling oder Soldat. Aus einem gut funktionierenden Umfeld gerissen, des unmittelbaren Lebens beraubt, durch einen machthungrigen, narzisstischen Diktator und seine Gefolgschaft, wie es auf der Welt schon lange keine solchen mehr geben sollte.

Unwissenheit schützt vor Strafe nicht. Dieser Spruch scheint mir hier in Hinblick auf die zivile Bevölkerung des Aggressors doch sehr angebracht zu sein, denn diese konsumieren staatlich kontrolliertes Fernsehen, bekommen genau die Informationen, die sie bekommen sollen, glauben im guten Glauben an ihren Staatsführer und Präsidenten. Sieht man Zivilisten den Krieg verleugnen, würde man ihnen am liebsten die Bilder der weinenden Kinder vor den Latz knallen. Aufwachen Leute – schaut gefälligst hin!

Und dann wiederum tun auch sie mir unendlich leid, denn in einem Land mit staatlicher Zensur zu leben, tagtäglich den Lügen ausgesetzt zu sein und nur unter Androhung von harten (und in diesem Land wirklich harten) Bestrafungen und Massnahmen auch gegen die Liebsten seine Meinung kundtun zu können, ist für uns unvorstellbar und es steht uns wohl auch gar nicht zu, uns darüber eine Meinung zu bilden. Auch sie wird der Krieg einholen, denn ihr Vaterland wird nun von allem gekappt, vom Rest der Welt isoliert und solche Massnahmen treffen, man kennt es bereits, zuallererst immer die Ärmsten.

Lebensmittel werden knapp, das Geld ist nichts mehr wert, man ist gefangen im eigenen Land.

Die Soldaten werden unter falschen Angaben in diesen fürchterlichen Krieg geschickt, sie glauben an einen Befreiungsschlag ihrerseits, verstehen sich als Retter in der Not, glauben im Guten zu handeln und sind dennoch die Bösen. Sie sind Marionetten und Kollateralschaden in einem. In einem Krieg haben immer alle verloren.

Doch weshalb ist gerade dieser Krieg so schrecklich? Kriege sind wir uns doch mittlerweile leider beinahe gewöhnt, selbst Menschen, die nie einen miterlebt haben wie ich. Wir verfolgen sie in den Nachrichten, wir sehen die Flüchtlingsströme, die überfüllten Rettungsboote, die Zeltlager, das Elend und Leid der Menschen. Wir zucken die Achseln und stumpfen zum Selbstschutz ab. Sollen die sich doch die Köpfe einschlagen – ist ja alles ganz weit weg, nicht? Warum also betrifft uns dieser Krieg so viel mehr als all die anderen?

Weil er unmittelbar um die Ecke stattfindet. Weil nicht irgendein anonymes Land auf einem weit entfernten Kontinent die Leidtragenden sind, weil es sich nicht um einen sich jahrzehntelangen (Bürger-)Krieg handelt, dessen Ursprung keiner mehr weiss, und vielleicht auch, weil man über die Medien beinahe schon live mit dabei ist und im Minutentakt über den Gräuel informiert wird.

Und auch wenn der Alltag hierzulande ruhig seine Bahnen weiterzieht, schwebt dieser Krieg wie ein Damokles-Schwert über unser aller Köpfe. Die unzähligen Friedenskundgebungen und humanitären Hilfeleistungen zeigen die grosse Solidarität, man bekämpft gemeinsam die Symptome, denn an die Ursache kommen wir nicht heran.

Was also bleibt? Die Ohnmacht der westlichen Welt, die Sanktionen gegen den Kriegstreiber, die Flüchtlingsströme. Es bleiben Wut und Verzweiflung und die Hoffnung, dass nicht noch Schlimmeres passieren wird. Wer aber könnte die Kehrtwendung einleiten? Wer vermag diese Situation zu lösen, diesen Krieg zu beenden?

Zwischen dem Moment, in dem ich diese Zeilen hier schreibe und dem Moment, in dem du sie lesen wirst, liegt eine Menge Zeit. Zeit, in der vieles geschehen wird und vieles geschehen ist, an das ich heute nicht denken möchte, an das ich heute nicht zu hoffen wage. Vielleicht wirst du beim Lesen denken, gottlob, war ja alles kurz danach schon Geschichte und das ersehnte Wunder ist geschehen, vielleicht aber auch nicht, denn Wunder sind in Kriegszeiten rar.

Und wenn ich auch heute Abend wieder fassungslos die Nachrichten sehe, kommt mir immer und immer wieder dieser eine Satz in den Sinn:

**„Was wäre, wenn Krieg wäre, und keiner ginge hin".**

106

# Es liegt was in der Luft

Hallo, schön, dass du dir die Zeit nimmst. Ich war am Wochenende im Wald, seit langem wieder einmal. Und während ich da so langgelaufen bin, habe ich bewusst (gaaanz bewusst) meine Lungen mit diesem ganz speziellen Waldduft gefüllt. Nicht den aus der Raumerfrischerdose, sondern den echten, unverfälschten. Diese Mischung aus Tannennadeln, Erde und irgendwelchen Tieren – herrlich! Ja, denn endlich sind wir nun diese Kafifilter vor unseren Gesichtern los, wir können uns wieder ins Gesicht lachen, eine Schnute ziehen, die Zunge rausstrecken, die Brille beschlägt nicht mehr und auch die Ohren sind wieder entspannt. Und eben dieses bewusste und pure Einatmen, hui wie habe ich das vermisst! Also wenn du mich fragst, ein Gefühl von Freiheit, nicht? Und so ging ich da, leise, beinahe ehrfürchtig und sog diese Luft in mich hinein, als wenn es kein Morgen gäbe.

Ohnehin sind Gerüche etwas ganz Spezielles nicht? Sie können gluschtig machen, abschrecken, dir die Tränen in die Augen treiben und gar längst vergessene Erinnerungen aufleben lassen. Keine Frage – Gerüche sind toll!

Wenn man Tante Google zum Thema Gerüche konsultiert, stellt man schnell mal fest, dass Hunde den besseren Riecher haben als wir Zweibeiner. Ein Hund kann ungefähr eine Million verschiedener Gerüche unterscheiden (eine Million, stell dir das mal vor!), der Mensch "nur" ca. 10'000. Okay, ich bin meist mit meinen 10'000 schon überfordert, denn die meisten will man ja nicht wirklich riechen, oder?

Ganz lebendig vor der Nase habe ich auch mit 40 Lenzen noch den Geruch einer Umkleidekabine in der Turnhalle. Diese ganz eigene Mischung aus verschwitzten Turnschläppli und zerknüllten T-Shirts. Auch den Geruch eines vollen Skikellers vergisst man wohl nie im Leben mehr. Skiwachs und Restschnee, gepaart mit einer warmen Finkennote und obendrauf miefige Socken mit Anti-Rutschbeschichtung. Auch das Düftchen des feuchten Familienhunds hat man sein Leben lang irgendwo im Hinterkopf abgespeichert. Den Geruch des ersten Schnees, der am Abend zuvor in der Luft hängt, lässt mich in freudiger Erwartung strahlen, ganz genauso wie der unverwechselbare Geruch des ersten Frühlingstages. Man kann diese Gerüche nur sehr schwer beschreiben, aber sie gehen (zumindest bei mir) direkt ins Herz und lassen es vor Freude hopsen.

Den unverwechselbaren Geruch eines gut gefüllten Robidog-Kastens in der Sommerhitze brauche ich wohl kaum näher zu beschreiben und auch der frisch gegüllte Acker des Bauern hat seinen ganz eigenen Charme. Ein grillierter Cervelat, saure Milch, ein Tag am Strand, fettige Sonnencreme, das chlorhaltige Wasser im Schwimmbad, die Kaffeemühle für die Bohnen im Supermarkt oder die Haare nach dem Kochunterricht in der Schule - alles Gerüche, die irgendwie bleiben.

Für meine Nase war ganz bestimmt Hákarl, die Delikatesse Gammelhai auf Island eine echte Herausforderung. Dieser penetrante Amoniakgeruch kannte ich ja bereits aus meiner Zeit als Drogistin nur zu gut, aber etwas zu essen, das so riecht, erfordert dann doch viel Überwindung und es fliesst die eine oder andere Träne.

Ja mein lieber Leser. Ich könnte noch ewig so weiterfahren, denn Gerüche können so einiges mit uns anstellen. Ein Poulet oder ein Hörnliauflauf im Ofen erinnern mich auch heute noch an meine Kindheit, ein Besuch in einer kleinen Bäckerei ist noch immer ein Highlight und wenn Regen fällt und die Wiese danach riecht, beruhigt mich das ungemein.

Diesen warmen Wildtiergeruch meiner Frettchen werde ich wohl nie vergessen und auch diese unverwechselbare Note aus Heilkräutern, Chemikalien und Umtriebigkeit, welche in meinem Lehrbetrieb wehte, ist Teil meiner selbst geblieben.

Der Ausspruch „Ich kann Dich gut riechen", kommt also nicht von ungefähr, denn auch wir Menschen (ja man glaubt es kaum) haben Eigengerüche. Ja, jeder, auch du und ich und ja, auch nach dem Duschen. Und während man einige seiner Mitmenschen ganz gut riechen kann, gibt es wiederum andere, von denen man die Nase gestrichen voll hat. So ist das eben.

Und wie gesagt, manchmal überraschen uns die lieben Gerüche. Sie fliegen durch die Luft und zielen auf unsere Nasen ab, und wenn ein ganz spezieller Geruch zu uns kommt, können Erinnerungen, Wünsche und längst vergessene Träume wieder aufleben.

Wir atmen ständig, aber wir riechen selten.

Sich ganz bewusst auf diesen Sinn einzulassen, kann eine schöne Bereicherung des Alltags sein.

Bleib doch das nächste Mal für einen Augenblick stehen, wenn du zur Arbeit hetzt. Riech deine Umwelt, saug sie ein. Riech das Tram, die Wiese, die Gipfeli deines Gegenübers, das Deo deiner Mitreisenden.

Und in diesem Sinne verdufte ich für heute – bis zum nächsten Mal!

# Sandy wird die Gruppe verlassen

Halli hallo und schön, dich zu sehen. Ich habe neulich im Fernsehen gesehen, dass viele junge Menschen neu als Beruf „Influencer" angeben. Was aber bitte schön, soll das denn sein? Also ganz einfach erklärt uns das Tante Google:

*„Influencer sind Menschen, die in sozialen Netzwerken sehr viele Menschen erreichen. Sie bringen andere Menschen dazu, ihnen im Netz zu folgen, also ihre „Freunde" oder „Follower" zu werden. Influencer berichten zum Beispiel von ihrem Leben und machen dabei Werbung."*

Okay, so auf den ersten Blick scheint das ja keine grosse Kunst zu sein, sich ein bisschen selbst darzustellen und zu - wie sagt man so schön - promoten. Aber meine Lieben, jetzt kommts. Diese Influ was auch immer, vermarkten IHR LEBEN. Sie posten ihr Essen, ihr Zuhause, sie vermarkten ihre Tiere und ihre Kinder. SIE VERKAUFEN IHRE SEELE.

Sie zeigen dir, was bei ihnen im Kleiderschrank hängt und was auf dem Schminktischchen so rumsteht. Sie geben dir Ernährungstipps und weinen auch mal hemmungslos in die Kamera, wenn ein Fingernagel abgebrochen ist.

Sie haben das perfekte, gläserne Leben. Und nun meine Frage – willst du das auch?

Willst du wirklich, dass wildfremde Menschen, deine sogenannte Community (ich bekomme schon Brechreiz, wenn ich dieses Wort nur höre), alles von dir sehen und jeden Scheiss benoten, kommentieren und womöglich auch noch teilen? Willst du im Rennen um Anerkennung und Klicks mitmachen und dich womöglich bei einer unbedachten Aussage einem sogenannten Shitstorm stellen müssen?

Und die Meute will ja unterhalten werden, meine Lieben. Bloss einmal am Tag was Hübsches aufs Netz zu stellen reicht diesen Nimmersatts nicht, nene, da musst du schon ran, wenn du keine Follower verlieren möchtest. Ein 24-Stunden-Dauerjob in der Werbebranche sozusagen. Für mich – Stress pur.

Ja meine Damen und Herren, ich bin ganz ehrlich. Ich tue mich schwer damit, in den sozialen Netzwerken etwas zu posten. Ich möchte was

Hübsches posten, was ich gezeichnet habe, ein neues Bild oder ein Buch, etwas von dem ich denke, es könnte anderen Menschen eine Freude machen. Private Bilder poste ich aus Prinzip nicht, da bin ich stur, denn Privates ist, wie es der Name schon sagt: Privat. Ich will nicht, dass irgendwer es toll findet, wenn ich einen Cervelat mit einem Bürli esse, oder mich aufrege, wenn mein Nagellack einen Hick hat. Ich finde es auch sehr grenzwärtig, wenn ich anderen meine Bikinifigur aufs Auge drücke, sie in mein Schlafzimmer blicken lasse oder ihnen meinen Hund mit Mänteli ständig unter die Nase halte. Ich will auch nicht, dass die sehen, wo ich im Urlaub bin und ob es da schön ist oder nicht.

Wenn eine Camilla postet, dass sie jetzt duschen geht, und über 100 (!!!) Follower liken das, muss ich mir echt an den Grind fassen Leute. Wenn jemand ein Bild einer Notaufnahme hochlädt und auf Fragen, was denn passiert sei, antwortet, er würde das lieber für sich behalten, schüttle ich ungläubig den Kopf. Wenn ich 7-minütige Videos über Ohrenreinigung anschauen kann, bin ich raus.

Wir sind ein Volk von idiotischen und narzisstischen Selbstdarstellern und Stalkern geworden. Jeder sein eigener kleiner König in seiner eigenen kleinen, rosaroten Glitzerwelt.

Ja, noch lese ich die Posts im Fratzenbuch, noch schau ich mir die Filmchen an, aber - ich bin müde und reizüberflutet, mein Kopf von unnützem Wissen verstopft, es belastet und vor allem – es nervt. Denn sind wir doch mal ehrlich, das Allermeiste ist Humbug. Zum einen hast du die Hobby-Politologen, die dir die Welt erklären wollen, die selbsternannten Experten in was auch immer, und zum anderen die penetranten Familienmenschen, die dir ihre Brut in jeder Lebenslage zeigen (am besten noch unbekleidet im Sandkasten oder der Badewanne – sorry, das geht gar nicht, Kinder haben auch Rechte!!!), die schön gefilterten Influs oder die hippen Auswanderer, die barfuss an irgendeinem exotischen Strand posieren und dir lächelnd weissagen, dass sie Reisenomaden seien und ihr Geld von überall verdienen können und nur du Trottel dein Geld in einem stinkigen Büro verdienst - und wenn schon!

Du scrollst durch irgendwelche Bildchen von irgendwelchen Menschen, die dich nicht im mindesten interessieren und vergeudest deine Zeit. Und die bringen dir keine Klicks der Welt zurück.

Ich möchte weder Influencer sein noch mich mit mir unbekannten Mitmenschen beschäftigen müssen, die man ganz lapidar als Freunde bezeichnet, denn ich habe für meine wirklichen Freunde und Liebsten ja schon fast zu wenig Zeit.

Ich überlege mir also ernsthaft, meine sämtlichen Accounts nach Jahren zu löschen und mich vom ganzen Social-Media-Wahnsinn zu befreien. Ciao zämä.

Warum ich es noch nicht gemacht habe? Vermutlich, weil meine absolute Schmerzgrenze doch noch nicht ganz ausgereizt ist und ich es endgültig machen und niemals bereuen möchte.

Und auch wenn die heutige Welt so dermassen schnelllebig ist - gut Ding will bekanntlich Weile haben.

# Ich sage Dankeschön und auf Wiedersehen...

Und so schliesst sich der Kreis ein weiteres Mal meine Freunde und das Büchlein ist zu Ende.

Wir haben uns über piepsende Autos und bockige Poschtiwägeli amüsiert, haben Krieg und Frieden und deren Auswirkungen auf uns alle hinterfragt. Wir haben uns an den speziellen Geruch einer Umkleidekabine erinnert und uns ganz im Geheimen gefragt, weshalb die arrogantesten Weiber immer die schönsten Kehrseiten haben. Und apropos Kehrseite haben wir erkannt, dass der vermeintliche Traumjob Influencer vermutlich doch nicht so traumhaft ist wie anfänglich angenommen und man doch lieber ab und zu mal auf Opa hören sollte.

Aber, die Suche hat noch lange kein Ende, denn wir wissen noch immer nicht, was ein Air-to-Fakie, Backflip Doublecrab oder McTwist denn ganz genau nun ist und wir versuchen weiterhin, unserem Gegenüber zuzuhören, um es, wenn auch nur ansatzweise, zu verstehen.

Ja meine Lieben. Wie bei fast allem im Leben benötigen wir Toleranz und Respekt, um mit dieser Gesellschaft umgehen und um in dieser Gesellschaft nach vorne blicken und schreiten zu können. Wir brauchen aber auch Mut und Vertrauen und nicht zuletzt auch eine gehörige Portion Humor.

Und von all dem wünsche ich euch einen grossen Sack voll. Bliibed gsund und hebed oi Sorg! Bis bald!

Eure

ISBN-13: 9783749450312
www.sanjustar.com

ISBN-13: 9783732282593
www.sanjustar.com

ISBN-13: 9783752643176
www.sanjustar.com

ISBN-13: 9783749470761

www.sanjustar.com

ISBN-13: 9783753417226

www.sanjustar.com